S0-DVF-491

© 2012 Presses Aventure, pour l'édition française
© 2012 Disney/Pixar, tous droits réservés

Inspiré du film *Les Bagnoles*, © Disney/Pixar

Éléments de Disney/Pixar, ©Disney/Pixar, sauf les véhicules suivants dont les droits sont détenus par d'autres sociétés : Dodge et Plymouth Superbird sont des marques de commerce de la compagnie DaimlerChrysler; les marques de Petty sont utilisées avec la permission de Petty Marketing LLC; Mack est une marque de commerce déposée de Mack Trucks, Inc.; Mazda Miata est une marque de commerce déposée de la compagnie Mazda Motor; Cadillac Coupe de Ville est une marque de commerce de General Motors. Tous droits réservés.

PRESSES AVENTURE, une division de
LES PUBLICATIONS MODUS VIVENDI INC.
55, rue Jean-Talon Ouest, 2e étage
Montréal (Québec) H2R 2W8
CANADA

Publié pour la première fois en 2009 par Boom Kids!
une division de Boom Entertainment, Inc.
sous le titre original *Rally Race*

Traduit de l'anglais par François Côté

Éditeur : Marc Alain
Responsable de collection : Marie-Eve Labelle

Dépôt légal - Bibliothèque et Archives nationales du Québec, 2012
Dépôt légal - Bibliothèque et Archives Canada, 2012

ISBN 978-2-89660-366-4

Tous droits réservés. Aucune section de cet ouvrage ne peut être reproduite, mémorisée dans un système central ou transmise de quelque manière que ce soit ou par quelque procédé électronique, mécanique, de photocopie, d'enregistrement ou autre sans l'autorisation écrite de l'éditeur.

Nous reconnaissons l'aide financière du gouvernement du Canada par l'entremise du Fonds du livre du Canada pour nos activités d'édition.

Gouvernement du Québec — Programme de crédit d'impôt pour l'édition de livres — Gestion SODEC

Imprimé en Chine

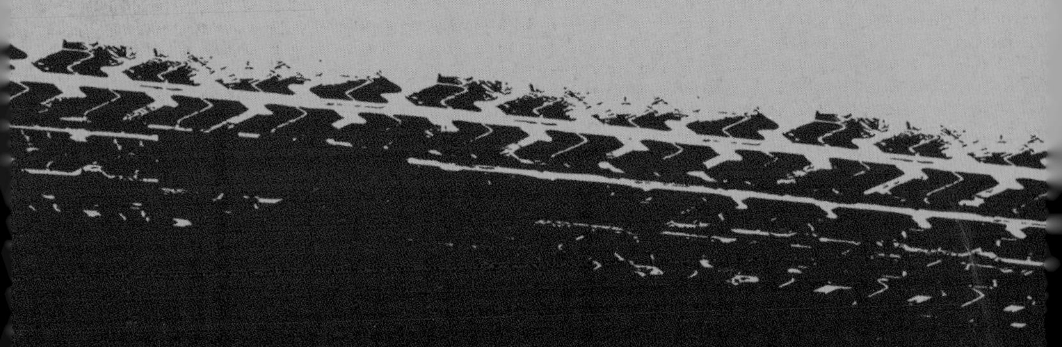

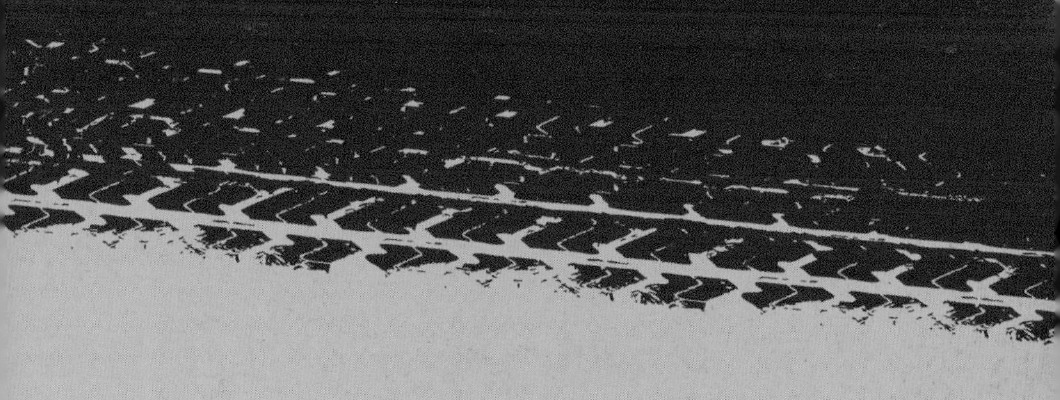

ÉCRIT PAR :
Alan J. Porter (chapitres 1 à 4)
Mark Cooper (chapitre 1)

ARTISANS DE L'ÉDITION ORIGINALE EN COULEURS :
Allen Gladfelter (chapitres 1 et 3)
Magic Eye Studios (chapitre 2)
Travis Hill (chapitre 4)

CONCEPTION :
Erika Terriquez

ASSISTANT À L'ÉDITION :
Jason Long

COULEURS :
Digikore Studios (chapitres 1 et 2)
Rachelle Rosenberg (chapitres 3 et 4)

COUVERTURE PAR :
Allen Gladfelter

ÉDITEUR :
Aaron Sparrow

UN MERCI SPÉCIAL À :
Jesse Post, Lauren Kressel,
Lisa Kelley et Kelly Bonbright

Chapitre
un
htB
86
DINOCO
43

KACHOW!
ATTENTION!
ARRGH!
OH NON!
AÏE!

THUUMMP!
UMMPH!
BANG!
BANG!
BANG!
BANG!
C'ÉTAIT PAS VRAIMENT L'ATTERRISSAGE QUE J'AVAIS EN TÊTE.
AU BOULOT, GUIDO!
PRENDS TON TEMPS, GUIDO, J'AI TOUTE LA JOURNÉE.
Zing!
Zing!
Zing!
Zing!
BEAU TRAVAIL, LES GARS.
AU PUITS!
SCREECH!
FLASH MCQUEEN EST SORTI DES PUITS, MAIS A-T-IL PERDU TROP DE TEMPS POUR RATTRAPER LE CHAMPION DE LA COUPE DU PISTON, CHICK HICKS, ET POUR REPRENDRE LA TÊTE?
6E PLACE! C'EST DU GÂTEAU!
6E PLACE! AH! FLASH, T'AS AUCUNE CHANCE!

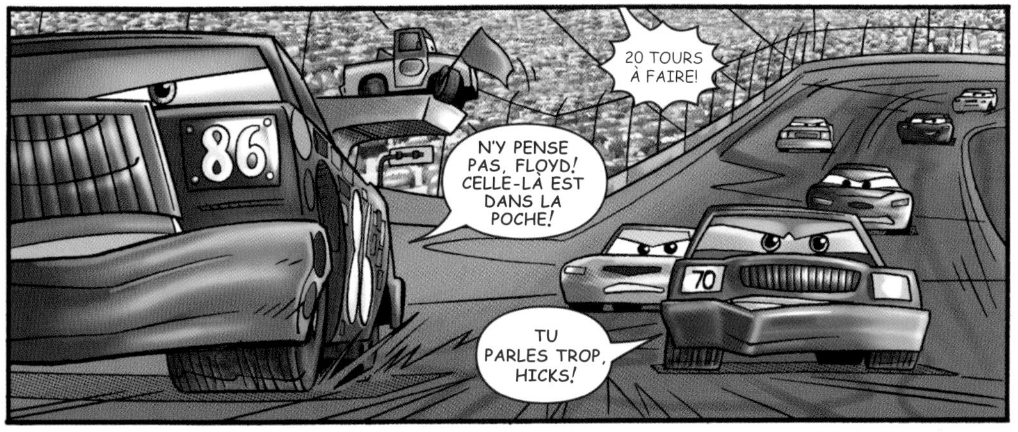
20 TOURS À FAIRE!
N'Y PENSE PAS, FLOYD! CELLE-LÀ EST DANS LA POCHE!
TU PARLES TROP, HICKS!

10 TOURS À FAIRE
LAISSEZ-MOI PASSER. QUATRIÈME PLACE DÉJÀ!
HÉ! ATTENTION!
LÀ, TU AS EU DE LA CHANCE.

HÉ BRUSH! QU'EST-CE QUE T'EN DIS SI JE M'GLISSE EN 3E PLACE!
FAIS ÇA PROPREMENT ET TIENS TA DROITE.
5 TOURS À FAIRE

HÉ CHICK! JE SUIS DE RETOUR.
2 TOURS À FAIRE

TU RESTES LÀ, FLASH, DERRIÈRE MOI! KA-CHIGGA!

ÇA C'EST DE LA COURSE, MES AMIS! IL NE RESTE PLUS QUE CHICK HICKS ET FLASH MCQUEEN, ROUE CONTRE ROUE SUR LA LIGNE DROITE!
FLASH MCQUEEN SEMBLE DÉCIDÉ À REPRENDRE LE DESSUS SUR HICKS, QUI A BATTU FLASH MCQUEEN ET STRIP WEATHERS LORS DE LA COUPE DU PISTON L'ANNÉE DERNIÈRE, APRÈS DES MANŒUVRES QUE CERTAINS QUALIFIERAIENT DE « DISCUTABLES ».

YE-HAA!!
TOUT EN DOUCEUR!

C'EST TOUT À FAIT ÇA, FLASH, T'ES MA VOITURE PRÉFÉRÉE!
MÊME SI T'ES PAS LA FERRARI.
BELLE MANŒUVRE. MAIS NE SOIS PAS INSOLENT!
BEAU TRAVAIL, MON GARS!

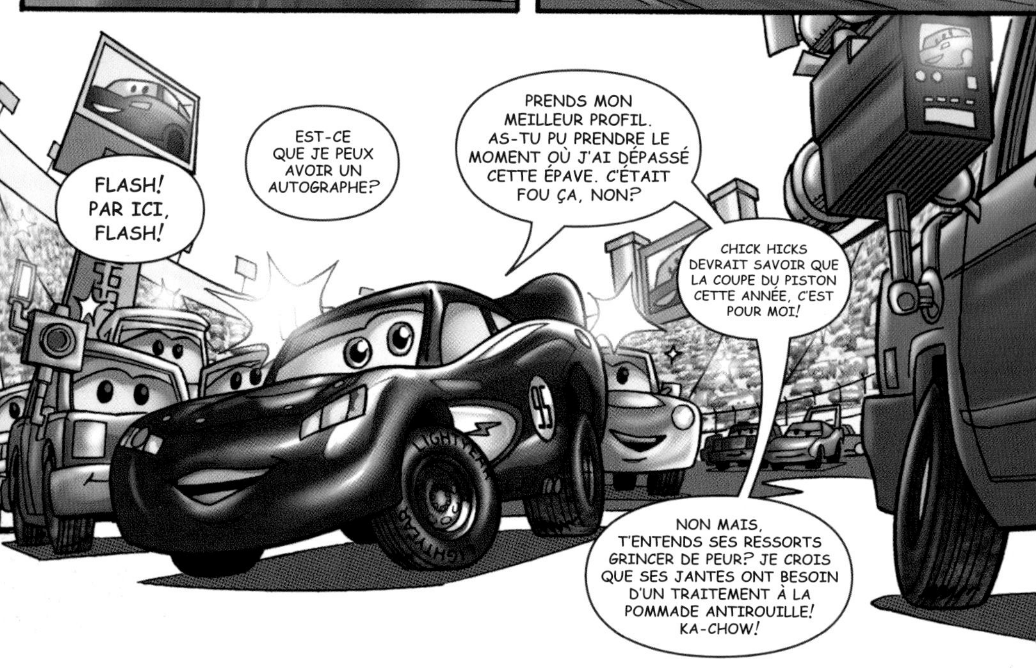
FLASH! PAR ICI, FLASH!
EST-CE QUE JE PEUX AVOIR UN AUTOGRAPHE?
PRENDS MON MEILLEUR PROFIL. AS-TU PU PRENDRE LE MOMENT OÙ J'AI DÉPASSÉ CETTE ÉPAVE. C'ÉTAIT FOU ÇA, NON?
CHICK HICKS DEVRAIT SAVOIR QUE LA COUPE DU PISTON CETTE ANNÉE, C'EST POUR MOI!
NON MAIS, T'ENTENDS SES RESSORTS GRINCER DE PEUR? JE CROIS QUE SES JANTES ONT BESOIN D'UN TRAITEMENT À LA POMMADE ANTIROUILLE! KA-CHOW!

CE GARÇON AIME EN METTRE PLEIN LA VUE.
QU'EST-CE QUE TU FAIS ENCORE ICI, LE VIEUX?
C'EST LA PLACE DES VRAIES VOITURES ICI, C'EST PAS POUR LES VIEILLERIES.
TU DEVRAIS CHANGER DE TON, MON GARÇON, TON ATTITUDE LAISSE À DÉSIRER.

HÉ, FLASH, FRED ET LES AUTRES BAGNOLES ROUILLÉES T'ATTENDENT À LA TENTE DES COMMANDITAIRES.
IL CONNAÎT MON NOM.
OUI, JE SAIS. J'Y SUIS DANS UNE MINUTE, MACK!
C'EST GÉNIAL DE TE VOIR LE KING, ET VOUS AUSSI, MME WEATHERS.
BELLE COURSE AUJOURD'HUI, FLASH. NOUS SOMMES LÀ PARCE QUE MME WEATHERS A UNE FAVEUR À TE DEMANDER.
TOUT CE QUE TU VEUX!

FLASH, J'AIMERAIS QUE VOUS RENCONTRIEZ QUELQU'UN DE TRÈS SPÉCIAL.
IL FAIT PARTIE DU CAMP DU CERCLE DES CHAMPIONS.

VOICI NOTRE AMI, TIMMY!
C'EST GÉNIAL DE VOUS RENCONTRER, MONSIEUR FLASH MCQUEEN.
MERCI TIMMY, MAIS, S.T.P., M'APPELLE PAS MONSIEUR, FLASH C'EST PARFAIT.
ALORS, PARLEZ-MOI UN PEU DU CAMP DU CERCLE DES CHAMPIONS, Mme WEATHERS.
IMAGINEZ UN ENDROIT OÙ LES JEUNES VOITURES AYANT DES BESOINS PARTICULIERS PEUVENT S'AMUSER ET PROFITER D'UNE FANTASTIQUE EXPÉRIENCE DE CAMPING ET SE FAIRE DES AMIS.

AS-TU DÉJÀ FAIT UN TOUR EN MONTGOLFIÈRE, FLASH? ÇA DONNE LA FROUSSE AU DÉBUT, MAIS C'EST AMUSANT.
ET FAIRE DU CANOT SUR UN LAC! ET JOUER AU SOCCER! J'AI PEUT-ÊTRE UN PNEU QUI VA UN PEU DE TRAVERS, MAIS ÇA NE M'EMPÊCHE PAS DE FAIRE TOUT CE QUE JE VEUX!
EXACT! RIEN N'ARRÊTE LES ENFANTS QUAND ON LEUR DONNE UNE CHANCE.
NOUS AIMERIONS BEAUCOUP QUE VOUS VENIEZ PASSER UN PEU DE TEMPS AU CAMP, FLASH MCQUEEN!

ET DURANT LA PROCHAINE COURSE DE LA COUPE DU PISTON
MALGRÉ LA VICTOIRE DE LA SEMAINE DERNIÈRE, LE N°95, FLASH MCQUEEN, EST TOUJOURS À LA POURSUITE DU N°86, CHICK HICKS, ET EN QUÊTE DE POINTS.
FAIS BIEN ATTENTION À TES PARE-CHOCS, ON VA DONNER UN PEU DE SPECTACLE!
HÉ CHICK, J'ESPÈRE QUE T'AS UN NOUVEAU FILTRE À AIR PARCE QUE TU NE VAS PAS TARDER À AVALER MA POUSSIÈRE!

TU AS PEUT-ÊTRE GAGNÉ LA DERNIÈRE COURSE, MCQUEEN, MAIS QUI A GAGNÉ LA COUPE DU PISTON?
OUAIS, C'EST TOUT MOI ÇA.
C'EST REPARTI!

ALLEZ, JE GAGNE CELLE-LÀ POUR TIMMY, LE PETIT DU CAMP DU CERCLE DES CHAMPIONS!
HA! ALORS LE KING EST VENU TE VOIR POUR TE PARLER DE CE CAMP POUR LES NULS?

C'EST PAS DES NULS! MAIS, ATTENDS IL T'A DEMANDÉ EN PREMIER!

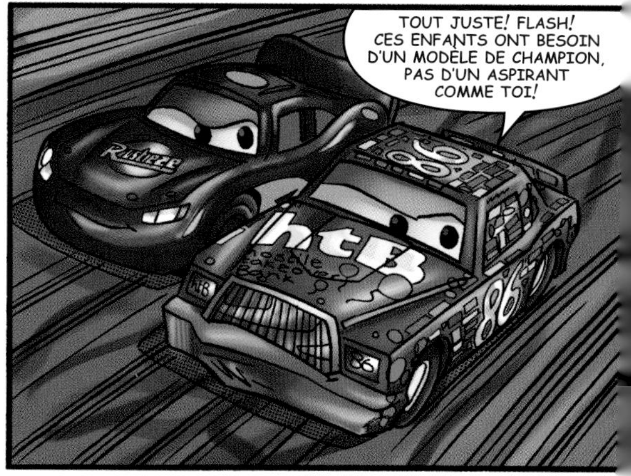
TOUT JUSTE! FLASH! CES ENFANTS ONT BESOIN D'UN MODÈLE DE CHAMPION, PAS D'UN ASPIRANT COMME TOI!

CRUNK
ON VERRA ÇA, HICKS! CETTE COURSE-LÀ EST POUR MOI!
ET DE QUELLE COULEUR EST LE CIEL DANS TON RÊVE?
DÉSOLÉ, CHICK... MAIS CELLE-LÀ EST POUR TIMMY!
T'ES RAPIDE, FLASH... J'TE L'ACCORDE, MAIS T'AS PAS L'INSTINCT D'UN TUEUR!
UN VRAI GAGNANT NE VISE QU'UNE CHOSE, LA VICTOIRE!

SMACCCKKKK
CRAACK

HAHA HA HA!
SCREEEEEEEEE

AÏE! AÏE! AÏE! OK... C'EST PAS SI MAL... Y A PAS TROP DE DÉGÂTS!
DOC, J'AI PERDU UN PNEU, ET MA JANTE EST PLIÉE.
PIT

ALLEZ, RENTRE, LE JEUNE. LA JOURNÉE EST FINIE POUR TOI.
HÉ, C'EST QUE... ON DIRAIT QUE ÇA FAIT MAL... HÉÉÉ!
ÇA N'A PAS L'AIR D'ALLER FORT?
HUDSON
RNET
Rust-eze
95 FLASH McQUEEN 95
Fuel
95

POW
ALLEZ, DOC. Y A PAS TROP DE DÉGÂTS.
CLANG
THLUB

IT' LA S TUTTE A PIEGATO.
PAS TROP DE DÉGÂTS! IL IRA PAS LOIN AVEC UNE ROUE CASSÉE, HÉ!

COSI TRISTE.
SUPER MOCHE, MON GARS.
LA COURSE EST FINIE, FLASH.
JE SUIS, HÉ... DÉSOLÉ, FLASH MCQUEEN.
ARGH!
Rust-eze

ALLEZ, DOC. IL FAUT QUE J'Y RETOURNE!
TU RISQUERAIS DE TOUT ENDOMMAGER. SI TU VEUX ARRIVER QUELQUE PART, TU DOIS COURIR AVEC TA TÊTE.

ON PEUT PAS TOUJOURS GAGNER AVEC CETTE ATTITUDE DE « FONCEUR ».
OUAIS... JE NE PEUX PAS GAGNER SUR TROIS ROUES, NON PLUS.

ATTENDS, MATER... J'AI UNE IDÉE! HÉ, TIMMY! VEUX-TU ÊTRE UNE VOITURE DE COURSE?
AMÈNE TES AMIS À RADIATOR SPRINGS ET VOUS POURREZ COURIR SUR MA NOUVELLE PISTE.
MOI! EST-CE QUE TU VAS ME MONTRER COMMENT ON FAIT ÇA?
SACREBLEU? EST-CE QUE JE PEUX ÊTRE UNE VOITURE DE COURSE MOI AUSSI?

VOILÀ UNE IDÉE GÉNIALE! ON Y SERA, MOI ET TOUTE MA FAMILLE!

MARIO
LÀ, TU PENSES COMME UN CHAMPION! JE NE SUIS PAS RETOURNÉ À RADIATOR SPRINGS DEPUIS MON ENFANCE.

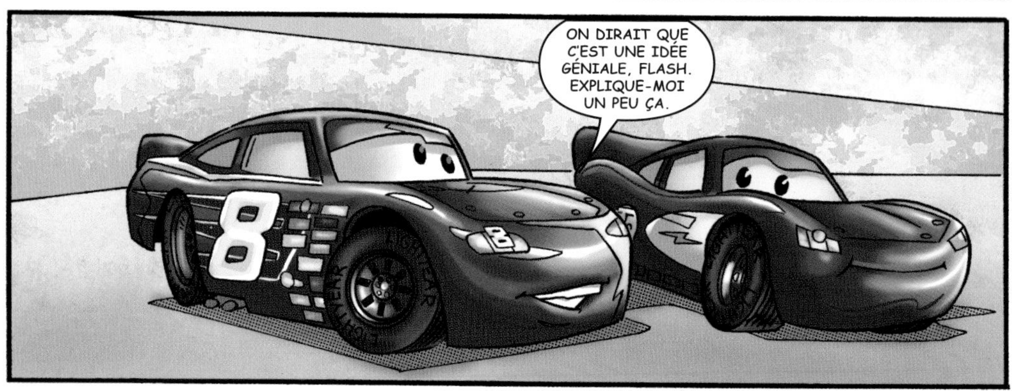
ON DIRAIT QUE C'EST UNE IDÉE GÉNIALE, FLASH. EXPLIQUE-MOI UN PEU ÇA.

MERCI D'AVOIR PENSÉ À MOI, FLASH! JE CHERCHAIS JUSTEMENT QUELQUE CHOSE À FAIRE MAINTENANT QUE JE SUIS À LA RETRAITE.

... ET ON PEUT FAIRE TOUT ÇA À RADIATOR SPRINGS!
COMPTE SUR MOI!

CES JEUNES POURRAIENT NOUS MONTRER UNE CHOSE OU DEUX, NON!
C'EST BON POUR MOI!

ENSUITE, NOUS POURRIONS ORGANISER UNE COURSE AU PROFIT DU **CERCLE DES CHAMPIONS!**
BONNE IDÉE! IL FAUT PENSER À CES ENFANTS!

T'AS DE LA CLASSE, FLASH. C'EST BON POUR MOI!

C'EST DIFFICILE POUR CES ENFANTS ET, TU SAIS, ON NE LES ENTEND JAMAIS SE PLAINDRE.
C'EST PAS COMME CERTAINES VOITURES QU'ON CONNAÎT, HEIN, GARÇON?

ALORS, QU'EST-CE QUE T'EN DIS, SHIELDS?
MOI, J'Y VAIS!

HÉ, C'EST QUOI CETTE HISTOIRE DE COURSE POUR UNE BONNE CAUSE?
CANDYMAN, JE SUIS CONTENT QUE TU POSES LA QUESTION.

ALORS, EST-CE QUE HICKS SERA LÀ?
BEN... JE LUI AI PAS ENCORE DEMANDÉ...

PLUS TARD
HEUREUX DE TE **REVOIR** EN PISTE, FLASH. MAUVAISE CREVAISON QUE TU AS EUE LÀ!
MERCI, CANDYMAN, ÇA FAIT DU BIEN D'ÊTRE DE RETOUR.
HÉ, LE JEUNE! J'AI ENTENDU DIRE QUE TU PRÉPARES QUELQUE CHOSE... **D'IMPORTANT!**
AUSSI IMPORTANT QUE TU PEUX L'ÊTRE, EN TOUT CAS.

UNE COURSE POUR UN ORGANISME DE BIENFAISANCE. QUEL EST TON OBJECTIF, FLASH? LA PUBLICITÉ?
C'EST UN TRUC POUR VENDRE PLUS DE MARCHANDISES GRIFFÉES, PEUT-ÊTRE?

J'TE LE DIRAIS BIEN, MAIS...
MAIS QUOI?

TU SAIS, CHICK, ON N'A PAS TOUJOURS BESOIN D'AVOIR UN INTÉRÊT POUR FAIRE QUELQUE CHOSE DE BIEN!
EST-CE QUE TU VAS ME DIRE CE QUE TU COMPTES FAIRE, ALORS?

NOUS ORGANISONS UNE COURSE AU PROFIT DES ENFANTS DU CAMP DU CERCLE DES CHAMPIONS, MAIS JE NE CROIS PAS QUE ÇA T'INTÉRESSE.
PARCE QUE TOUT CE QUI T'INTÉRESSE, C'EST GAGNER DES COURSES, NON?

PEU APRÈS...
AH, J'ADORE L'ODEUR DE LA POMMADE ANTIROUILLE, LE MATIN.
TU VAS FAIRE CETTE COURSE AVEC TA TÊTE, D'ACCORD MON GARÇON? **NE VAS PAS** TE COLLETER AVEC HICKS!
JE NE COMPRENDS PAS... POURQUOI SA TANTE NE LE RECONNAÎTRAIT PAS?
MÊME SI JE N'AIME PAS CETTE VOITURE, JE NE CROIS PAS QUE TU DEVRAIS ALLER LE TAQUINER, EH!
ME NESSUNI.
T'EN FAIS PAS, JE VAIS L'ÉVITER SI JE PEUX.

HÉ, LE JEUNE! C'EST TOI QUI VA AVOIR BESOIN D'UN ORGANISME DE BIEN-FAISANCE APRÈS LA COURSE!
DÉSOLÉ, CHICK... JE NE T'ENTENDS PAS, TU DIS QUE TU ME TROUVES **GÉNIAL**?
ALLEZ, LES GARS! EST-CE QU'ON PEUT AVOIR AU MOINS UNE COURSE SANS QUE VOUS VOUS CHAMAILLIEZ COMME UN VIEUX COUPLE!

TA COURSE NE SERA PAS UN ÉVÉNEMENT SANS LE CHAMPION EN TITRE DE LA COUPE DU PISTON.
TU DÉTESTES NE PAS ÊTRE INVITÉ, HEIN, CHICK!

ALLEZ, FLASH... ADMETS-LE. C'EST JUSTE UN COUP DE PUB!
T'ES **JAMAIS** FATIGUÉ D'ÊTRE UN PAUVRE TYPE, HICKS?

AH, JE COMPRENDS TON PLAN! TU AIDES QUELQUES ENFANTS ET TOUT LE MONDE T'AIME, ET CHICK HICKS EST ENCORE LE MÉCHANT!

TU **M'ÉCOUTES, FLASH?**

WAOUH, NELLIE! EST-CE QUE CHICK HICKS S'EST DONNÉ LA PEINE DE SE PRÉSENTER AUJOURD'HUI?
FLASH MCQUEEN N'A PAS VOULU MANQUER ÇA. SI HICKS ESPÈRE DÉFENDRE SON TITRE, IL FERAIT MIEUX DE S'Y METTRE.
PISTON CUP

ENCORE DEUXIÈME! MAIS, QU'EST-CE QUI S'EST PASSÉ?

BEAU TRAVAIL, FLASH!
PAS MAL, FLASH. ET VOILÀ LE TRAVAIL!
OUAIS!
BELLISSIMO!

95
OUAIS, GÉNIAL, FLASH!
REGARDE COMME TIMMY EST HEUREUX. TU SAIS, JE CROIS QUE L'IDÉE DE FLASH POURRAIT MARCHER.
MOI AUSSI, MON CHER. MOI AUSSI.

TU SAIS, LE JEUNE. TU DEVRAIS INVITER HICKS. C'EST LUI LE CHAMPION, APRÈS TOUT!
HICKS? PAS QUESTION!
AU NOM DU CAMP DU CERCLE DES CHAMPIONS, JE SUIS HEUREUX D'ANNONCER QU'IL Y AURA UNE COURSE AU PROFIT D'UN ORGANISME DE BIENFAISANCE À RADIATOR SPRINGS.
QUAND AURA LIEU CETTE COURSE?
QUI Y PARTICIPERA ?
OÙ C'EST RADIATOR SPRINGS?

Gagnant
CE FLASH ET SON RIDICULE ÉVÉNEMENT. POUR MOI, TOUT ÇA, C'EST UN COUP DE PUB!
POURQUOI J'Y AI PAS PENSÉ MOI-MÊME?

EXCUSEZ-MOI, M. FLASH MCQUEEN, S'IL VOUS PLAÎT.

MAIS, VOUS N'AVEZ PAS INVITÉ M. HICKS POUR LA COURSE.

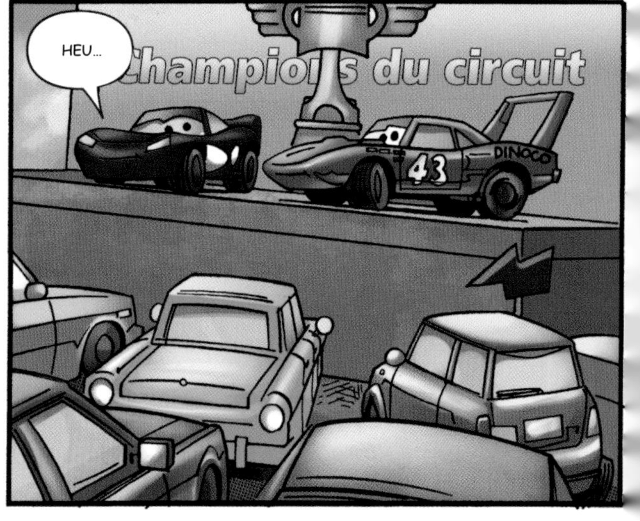
HEU...
Champions du circuit

TOUT LE MONDE EST LE BIENVENU, N'EST-CE PAS, M. FLASH MCQUEEN?

EUH... C'EST-À-DIRE QUE... EUH...
JE SUIS CERTAIN QUE FLASH NE VOUDRAIT EXCLURE **PERSONNE...**

ÇA M'ARRIVE PARFOIS D'ÊTRE EXCLU, PARCE QUE J'AI UNE ROUE QUI... VOUS SAVEZ...
... ET JE NE VOUDRAIS PAS QUE QUELQU'UN VIVE LA MÊME CHOSE DANS NOTRE CAMP!

CHAMPIONS

TU AS RAISON, TIMMY. MÊME CHICK MÉRITE D'AVOIR SA CHANCE DE NE PAS ÊTRE UN...
TOUT LE MONDE EST LE BIENVENU, MON GARÇON! TOUT LE MONDE!
J'IMAGINE QUE CHICK EST EN TRAIN DE JUBILER, MAINTENANT...

AH! AH! COMMENT AIMES-TU MA POUSSIÈRE, FLASH!
htB
htB
hostile takeover Bank
86

PFEUH! TEUFF! TEUF!
QUI EST-CE QUI MANGE LA POUSSIÈRE, MAINTENANT, FLASH?
HÉ! HÉ! HÉ!
htB
86

ALORS, C'EST ÇA LE GRAND SECRET?

OH, REGARDE QUI EST LÀ! LE HÉROS, FLASH « CŒUR BRISÉ » MCQUEEN.
AS-TU EXPLOITÉ UN ENFANT POUR FAIRE AVANCER TA CARRIÈRE RÉCEMMENT?

REGARDE, CHICK... MALGRÉ CE QUE J'EN PENSE, JE TE **DEMANDE** DE PARTICIPER À LA COURSE. C'EST TOI LE CHAMPION DE LA COUPE DU PISTON, ET **ÇA**, ÇA COMPTE POUR LES ENFANTS.

JE ME FICHE PAS MAL DE TA COURSE DE CHARITÉ, FLASH!
MAIS AVOIR LA CHANCE DE TE BATTRE SUR TON PROPRE TERRAIN?

ALORS, TU PEUX COMPTER SUR MOI!

IATOR SPRINGS
TOW MATER
DINOCO
43

Chapitre deux
51
SUPER

RADIATOR SPRINGS, AVANT LE GRAND ÉVÉNEMENT DE BIENFAISANCE
OUF! JE L'AI PRESQUE...
HÉ, GUIDO! TU CROIS QU'ON A ASSEZ DE CES PNEUS DE COURSE SPÉCIALIZZATO EN STOCK, HÉ?
QUI SAIT?*
*TRADUIT DE L'ITALIEN PAR PAISANO AARON
HÉ, BÉBÉ... RAMONE PENSE QUE LES COUREURS VONT AVOIR TROP SOIF APRÈS LA COURSE.
C'EST CE QUE J'ESPÈRE.
AH! J'L'AI, ENFIN! ÇA D'VRAIT ALLER.
CETTE COURSE-LÀ VA NOUS DONNER QUELQUES JOURNÉES TRÈS INTENSES, VIEUX.
CES GARS-LÀ SONT HYPER COMPÉTITIFS.
C'EST SÛR! QU'EST-CE QUE TU CROIS. C'EST DES VOITURES DE COURSE!
TIRER, AHRG... TIRER!
ALLEZ, MATER. ÇA VIENT CETTE BANNIÈRE. IL EST PRESQUE L'HEURE.
HÉ, LES GARS. LES VOICI!

BIENVENUE À LA PREMIÈRE COURSE ANN
RALLYE DE RADIATOR SPR
AU PROFIT DU CAMP DU CERCLE DES CHA
ALORS, C'EST CE REPAIRE DE NULS, CE TROU PERDU, QUE FLASH MCQUEEN APPELLE SON CHEZ LUI.
C'EST PAS PARCE QUE JE M'APPELLE HICKS QUE J'AIME LES HIC, ET CETTE VILLE EN EST UN.

HÉ, RAMONE, T'AS ENTENDU ÇA?
SI CE GARS-LÀ CROIT QU'IL VA POUVOIR FAIRE LE PLEIN ICI, **ON VA VOIR ÇA!**

QUELLE BRUTE!

HÉ, PAS BESOIN D'ÊTRE AGRESSIF, VIEUX.

POUR UNE FOIS, **JE SUIS D'ACCORD** AVEC LE HIPPIE.

ATTENDS DE VOIR QUAND TU VAS TE MESURER À FLASH!
MON **COPAIN** VA T'MONTRER D'QUOI IL EST CAPABLE.
htB
86

JE SAIS! **LE NUL! AH! AH! AH!**
HÉ, OÙ EST DONC PASSÉ FLASH MCQUEEN?
htB
86

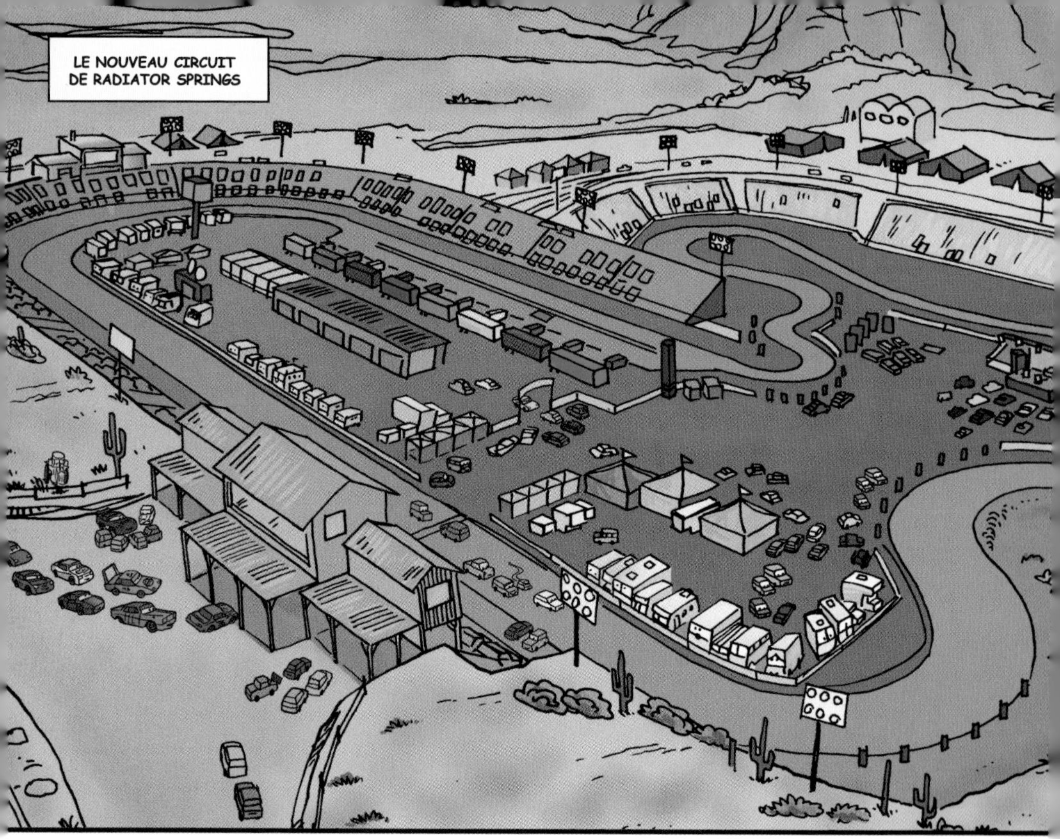
LE NOUVEAU CIRCUIT DE RADIATOR SPRINGS

... ET C'EST COMME ÇA QU'ON A JOUÉ UN TOUR À MATER AVEC LA LUMIÈRE FANTÔME.
HA! HA! HA!!
95

EST-CE QUE C'EST UNE **HISTOIRE VRAIE**, MONSIEUR FLASH MCQUEEN?
95

AHRG! ALLEZ TIMMY! PAS DE **MONSIEUR MCQUEEN**. VOUS, LES ENFANTS, VOUS POUVEZ M'APPELER **FLASH**.
ET BIEN SÛR QUE C'EST UNE HISTOIRE VRAIE!
95

OH! JE SUIS CERTAIN QUE TU AS TOUT INVENTÉ!
PARCE QU'IL FAUT BIEN LE DIRE, JE NE CONNAIS QU'UNE VOITURE QUI A FAIT CARRIÈRE EN EXAGÉRANT TOUJOURS, ET CE N'EST CERTAINEMENT PAS MOI!
HÉ, CHICK! BIENVENUE À RADIATOR SPRINGS.
BAHH!

JE SUIS CONTENT QUE TU SOIS LÀ. LES ENFANTS ONT TRÈS HÂTE DE ME VOIR ME MESURER À TOI ET À TOUTES CES MAGNIFIQUES VOITURES SUR LA PISTE AU COURS DES PROCHAINS JOURS.

HA! J'ESPÈRE QU'ILS NE VONT PAS S'ENDORMIR EN REGARDANT CETTE BANDE D'ANCÊTRES RINGARDS! C'EST PAS COMME TOI, HEIN, FLASH...
... TOI, T'ES PAS ENCORE NÉ! HA! HA! HA!

JE NE VOIS QU'UN CHAMPION EN TITRE DE LA COUPE DU PISTON, ICI...
... ET C'EST MOI!
GRRR...

ALORS, QU'EST-CE QUI TE DIT QUE TA P'TITE COURSE DANS CE PATELIN PERDU PEUT ATTIRER L'**ATTENTION** DE QUELQU'UN?
86

C'EST QUE... **LE CHAMPION** DE LA COUPE DU PISTON EST ICI, NON?
QU'EST-CE QUI SE PASSE CHICK? T'AS PLUS AUTANT CONFIANCE EN TA BONNE ÉTOILE?
Rust-eze
95

JE SUIS VENU SEULEMENT POUR ENCRASSER **TA GRILLE** AVEC MA POUSSIÈRE!
htB
ATTENDS UNE MINUTE. IL NE FAUT PAS QUE ÇA TOURNE SEULEMENT AUTOUR DE CETTE HISTOIRE ENTRE NOUS, HICKS. ON FAIT TOUT ÇA POUR LES **ENFANTS**, D'ACCORD.
COMME TU VEUX. MAIS, QUI EST **LE MEILLEUR, C'EST ÇA QUI COMPTE...**
86
95

... ET JE ME **FICHE PAS MAL** DE CETTE BANDE DE **GAMINS**, AVEC LEURS ROUES TORDUES.
htB
86

ALORS LÀ, UNE MINUTE, MONSIEUR LE GRAND CHAMPION DE LA COUPE DU PISTON!
VOUS POUVEZ GAGNER AUTANT DE COURSES QUE VOUS LE VOULEZ, MAIS DES VOITURES COMME FLASH MCQUEEN ET LE KING SERONT TOUJOURS NOS HÉROS.
95
htB
86
LIGHTYEAR

VA AU DIABLE, GAMIN! TU NE SAIS ABSOLUMENT RIEN DE MOI.
86
95
43

BOOOOOO!!!!

WOUAOU! TIMMY... T'AS PAS MÂCHÉ TES MOTS.
C'EST QUE... IL JOUAIT VRAIMENT AU DUR, ET JE DÉTESTE CEUX QUI JOUENT AUX DURS.
OUAIS, ÇA, C'EST SÛR!
95
43
43

MAIS... JE ME DEMANDE BIEN POURQUOI IL AGIT DE CETTE FAÇON.
JE VAIS ESSAYER DE LUI PARLER.
BEN, MON GARÇON, QUELLES QUE SOIENT SES RAISONS, TU AS ÉTÉ BRAVE!
43
43
43

TRÈS BRAVE, EN FAIT!
DINOCO
SUPER HUDSON
HORNET

BEN, MON GARÇON, ÇA **PRENAIT BEAUCOUP DE COURAGE** POUR **SE TENIR DEBOUT** FACE À CHICK HICKS.
OHH! LE HUDSON HORNET!
SUPER HUDSON HORNET
51
95
43

DOC
KING
ÇA **FAIT PLAISIR** DE VOUS VOIR, DOC!

TIMMY? N'EST-CE PAS?
JE ME SOUVIENS DE TOI, QUAND Mme LE KING NOUS A PARLÉ DU CAMP DU CERCLE DES CHAMPIONS.
COMMENT VAS-TU, MON GARÇON?
95

TRÈS BIEN, MONSIEUR, **MERCI!**
PUIS-JE VOUS POSER UNE QUESTION?
95

SÛR, TIMMY.

COMMENT C'ÉTAIT FAIRE DE LA COURSE **DANS** **LES DÉBUTS** DE LA **COUPE DU PISTON?**

HUM… HEU…
95
SUPER HUDSON
HORNET

HEU… TIMMY… C'EST QUE DOC N'AIME PAS TELLEMENT PARLER DU **PASSÉ**.
95

…
ÇA VA ALLER, FLASH.
43
SUPER

... TOUT A COMMENCÉ SUR LA PLAGE.
51
51
SUPER HUDSON

DANS LES PREMIERS TEMPS DE LA COUPE DU PISTON, IL N'Y AVAIT PAS DE PISTES CONÇUES POUR LA COURSE COMME ICI.
NOUS COURIONS OÙ NOUS TROUVIONS ASSEZ DE PLACE.
LA PRINCIPALE COURSE AVAIT LIEU SUR LE SABLE, PRÈS D'OÙ EST SITUÉE LA PISTE DES 500 MILES AU BORD DE LA MER.
À PLUS TARD, LES GARS. JE VOUS L'AVAIS BIEN DIT QUE JE M'Y CONNAISSAIS QUAND IL S'AGIT DE COURIR SUR LE SABLE.
HORNET, TOI T'ES CHAMPION POUR PIQUER UN GARS.
SUPER HUDSON
J'ÉTAIS VRAIMENT ARROGANT À L'ÉPOQUE.

QUELQUEFOIS, NOUS COURIONS SUR LES PISTES DE TERRE BATTUE SITUÉES SUR LE TERRAIN DE LA FOIRE DU COMTÉ.
CETTE ANNÉE-LÀ, L'ÉTÉ AVAIT ÉTÉ TRÈS LONG ET TRÈS CHAUD, ET NOUS AVIONS ORGANISÉ PLUSIEURS COURSES LES UNES APRÈS LES AUTRES.
JE VAIS M'ASSURER QUE TU NE REMPORTES PAS LA PRIME DU VAINQUEUR CETTE FOIS, HORNET!
SUPER HUDSON

VOUS PATINEZ COMME DES CHATS SUR UN TOIT BRÛLANT, LES GARS.
SUPER HUDSON
PUIS, ON A CONSTRUIT LES PREMIÈRES VRAIES PISTES OVALES.

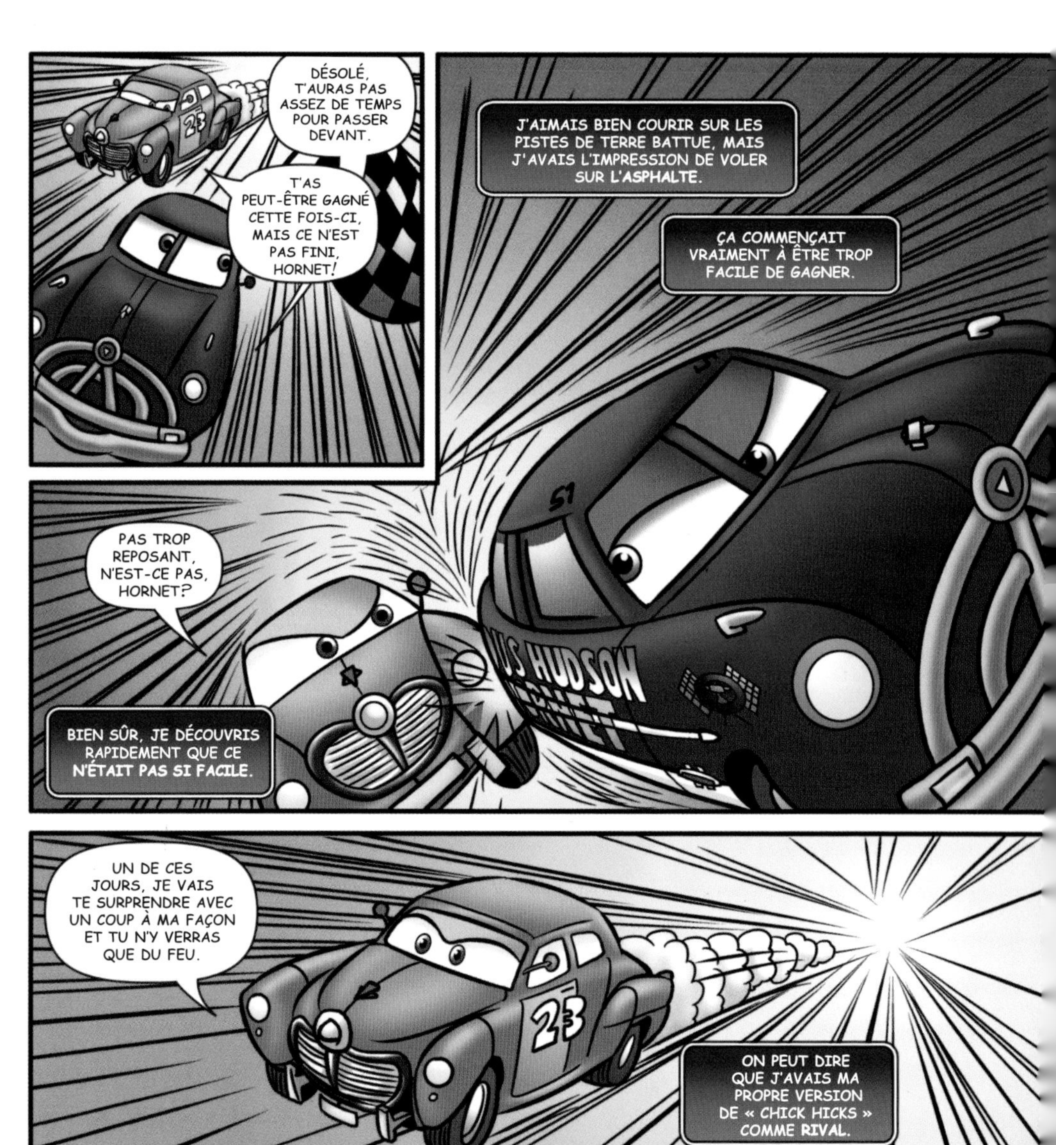
DÉSOLÉ, T'AURAS PAS ASSEZ DE TEMPS POUR PASSER DEVANT.
T'AS PEUT-ÊTRE GAGNÉ CETTE FOIS-CI, MAIS CE N'EST PAS FINI, HORNET!
J'AIMAIS BIEN COURIR SUR LES PISTES DE TERRE BATTUE, MAIS J'AVAIS L'IMPRESSION DE VOLER SUR L'ASPHALTE.
ÇA COMMENÇAIT VRAIMENT À ÊTRE TROP FACILE DE GAGNER.
PAS TROP REPOSANT, N'EST-CE PAS, HORNET?
BIEN SÛR, JE DÉCOUVRIS RAPIDEMENT QUE CE N'ÉTAIT PAS SI FACILE.
UN DE CES JOURS, JE VAIS TE SURPRENDRE AVEC UN COUP À MA FAÇON ET TU N'Y VERRAS QUE DU FEU.
ON PEUT DIRE QUE J'AVAIS MA PROPRE VERSION DE « CHICK HICKS » COMME RIVAL.

HUDSON HORNET
ÉTABLIT UN NOUVEAU RECORD
PLUS DE VICTOIRES EN UNE SEULE SAISON
51 SUPER HORNET
ENFIN... HÉ... HÉ... J'AI EU ASSEZ DE CHANCE POUR GAGNER QUELQUES COURSES ICI ET LÀ!

COUPE
DU
PISTON
1951
SUP

SUPER
HORNET
COUPE
DU
PISTON
1952
SANS QUE JE NE M'EN RENDE COMPTE, JE DEVINS **OBSÉDÉ**. IL FALLAIT QUE JE **GAGNE** LA COUPE.

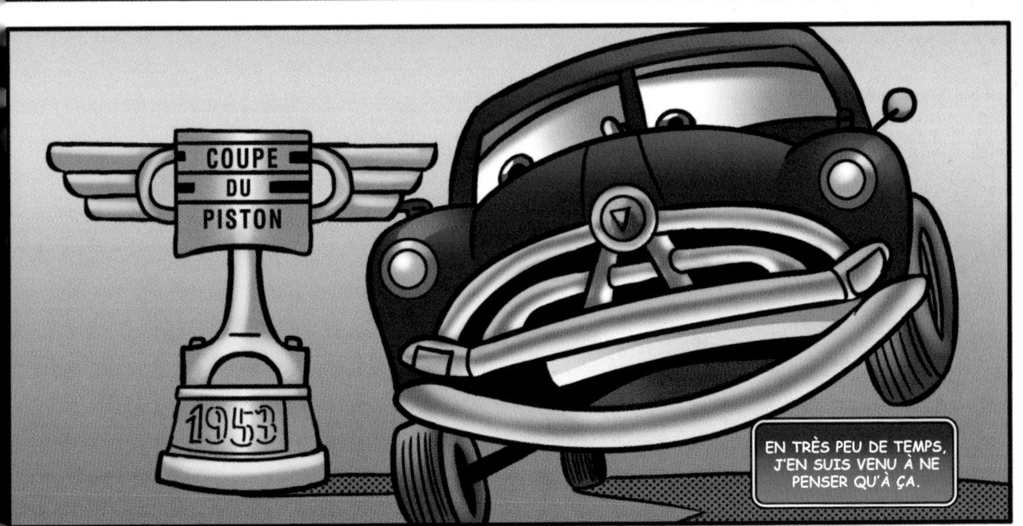
COUPE
DU
PISTON
1953
EN TRÈS PEU DE TEMPS, J'EN SUIS VENU À NE PENSER QU'À ÇA.

J'ÉTAIS TELLEMENT CONCENTRÉ SUR CE QUI SE PASSAIT À LA LIGNE D'ARRIVÉE, QUE J'OUBLIAIS TOUT AUTOUR DE MOI.
DE LA **VITESSE!** J'AI BESOIN DE PLUS DE VITESSE! ALLEZ!
PAS **CETTE FOIS**, HORNET. JE NE VAIS PAS LAISSER CELLE-LÀ ME FILER ENTRE LES DOIGTS.
ET, BIEN SÛR, IL Y AVAIT UN PRIX À PAYER.
KLANG!
CE FUT L'ACCIDENT ET, MALGRÉ TOUT CE QUI S'ÉTAIT DÉJÀ PASSÉ, IL N'Y EUT AUCUN MAUVAISE INTENTION DANS CE QUI ARRIVA PAR LA SUITE.
BANG!!
SUPER HUDSON HORNET 51
QU'EST-CE QUE TU FAIS **LÀ-HAUT**, HORNET?
ATTENTION, EN BAS!
ÇA RISQUE DE **FAIRE MAL**, LES GARS!
AHH!
KRAASH
OOUFF!
AÏE!
BAAANG!!
HUMPF
SLAMM!!

ACCIDENT !
HUDSON HORNET
SAISON TERMINÉE

ON DIT SOUVENT QUE LA **FIERTÉ** PRÉCÈDE LA CHUTE.

ÇA S'ANNONCE MAL.
ET C'EST LA **VÉRITÉ**.

JE SUIS DÉSOLÉ, MONSIEUR HORNET, MAIS JE CROIS BIEN QUE LA COURSE, C'EST TERMINÉ POUR VOUS.

NON! JE NE PEUX PAS ACCEPTER ÇA. JE DOIS TROUVER UNE SOLUTION.
SOH

SI PERSONNE NE POUVAIT ME REMETTRE EN ÉTAT, JE DEVAIS APPRENDRE À LE FAIRE MOI-MÊME.
IL FALLAIT ABSOLUMENT QUE JE PUISSE COURIR À NOUVEAU. C'ÉTAIT TOUT CE QUE JE SAVAIS FAIRE.

PUIS, JE DÉCOUVRIS QUE JE POUVAIS AUSSI APPRENDRE DES CHOSES DANS D'AUTRES DOMAINES, SUR LE FONCTIONNEMENT DES VOITURES ET SUR LA FAÇON DE LES RÉPARER.
UPER HUDSON
ORNET

CE FUT LONG, MAIS J'ÉTAIS ENFIN PRÊT POUR LE GRAND RETOUR!
SUPER HUDSON 51
HORNET

32
4
HUDSON
MAIS LA COURSE AVAIT CHANGÉ. ON M'AVAIT OUBLIÉ. JE N'AVAIS PLUS MA PLACE SUR LA PISTE.

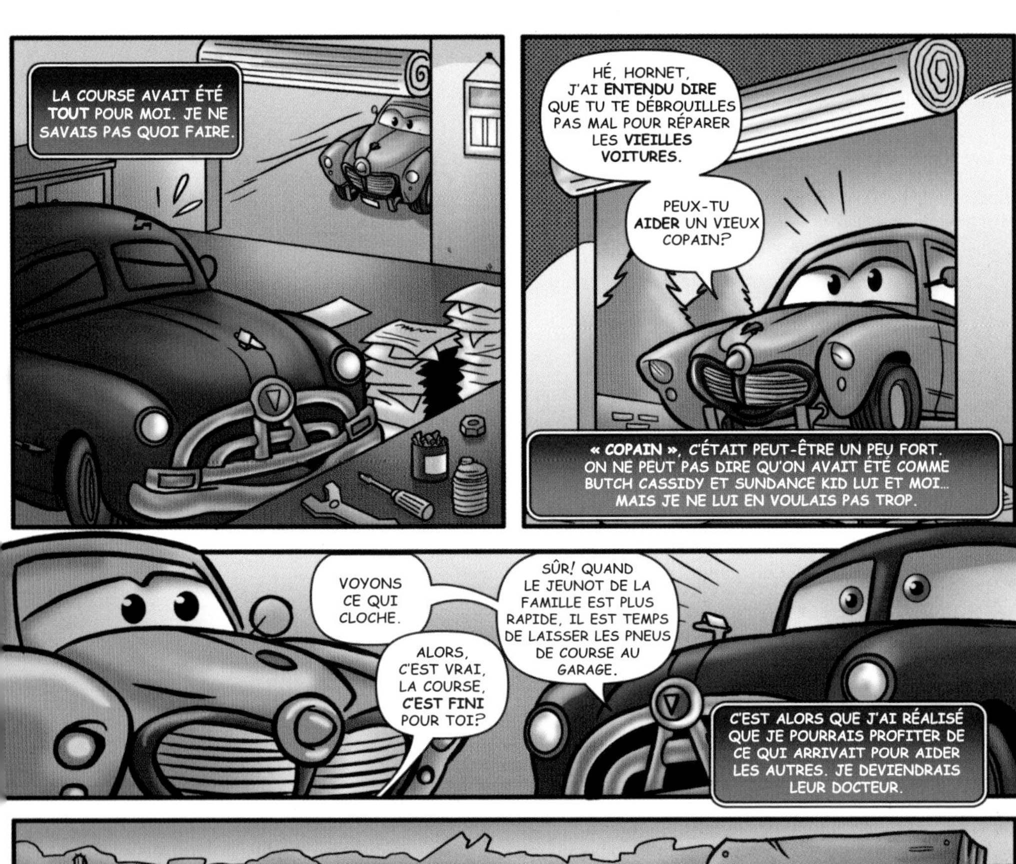
LA COURSE AVAIT ÉTÉ TOUT POUR MOI. JE NE SAVAIS PAS QUOI FAIRE.
HÉ, HORNET, J'AI ENTENDU DIRE QUE TU TE DÉBROUILLES PAS MAL POUR RÉPARER LES VIEILLES VOITURES.
PEUX-TU AIDER UN VIEUX COPAIN?
« COPAIN », C'ÉTAIT PEUT-ÊTRE UN PEU FORT. ON NE PEUT PAS DIRE QU'ON AVAIT ÉTÉ COMME BUTCH CASSIDY ET SUNDANCE KID LUI ET MOI... MAIS JE NE LUI EN VOULAIS PAS TROP.

VOYONS CE QUI CLOCHE.
ALORS, C'EST VRAI, LA COURSE, C'EST FINI POUR TOI?
SÛR! QUAND LE JEUNOT DE LA FAMILLE EST PLUS RAPIDE, IL EST TEMPS DE LAISSER LES PNEUS DE COURSE AU GARAGE.
C'EST ALORS QUE J'AI RÉALISÉ QUE JE POURRAIS PROFITER DE CE QUI ARRIVAIT POUR AIDER LES AUTRES. JE DEVIENDRAIS LEUR DOCTEUR.

EN FINISSANT MES ÉTUDES, J'AI CHERCHÉ UNE PLACE POUR PRATIQUER LA MÉDECINE.
RADIATOR SPRINGS 80 KM

POUR TOUT RECOMMENCER, UN COIN OÙ ON N'AVAIT JAMAIS ENTENDU PARLER DU HUDSON HORNET.
UN ENDROIT OÙ JE POURRAIS METTRE TOUTES CES ANNÉES DE COURSE DERRIÈRE MOI.

JE CROYAIS QUE J'AVAIS PLUTÔT BIEN RÉUSSI...
... JUSQU'AU JOUR OÙ UNE VOITURE DE COURSE TOUTE PIMPANTE EST ARRIVÉE EN VILLE.

J'AI TOUT FAIT POUR QU'IL QUITTE LA VILLE, MAIS SALLY AVAIT AUTRE CHOSE EN TÊTE...
ON EFFACE TOUT ET ON RECOMMENCE.
HÉ, GRAND-PÈRE! JE NE SUIS PAS UN BOULDOZEUR, JE SUIS UNE VOITURE DE COURSE.
OH NON, EST-CE VRAI?
ALORS, ÇA T'INTÉRESSE UNE PETITE COURSE? TOI ET MOI?

ET, SANS M'EN RENDRE COMPTE, CE JEUNE ARROGANT M'AVAIT ENTRAÎNÉ DANS UNE COURSE.
DOC, LE DRAPEAU! C'EST LE SIGNAL DU DÉPART. ALLEZ!
JE NE RÉALISAIS PAS CE QUI SE PASSAIT À L'ÉPOQUE. J'ALLAIS LUI MONTRER CE QUE JE SAVAIS FAIRE. IL NE CONNAISSAIT QUE LA VITESSE. IL N'AVAIT AUCUNE TECHNIQUE. JE N'AVAIS PLUS QU'À ATTENDRE.

APRÈS TOUT, JE CONNAISSAIS CE GENRE DE GARÇON, IL ÉTAIT TOUT À FAIT COMME MOI, AUTREFOIS.
ÉVIDEMMENT, JE N'ALLAIS PAS LE LUI DIRE.
TU CONDUIS COMME SI TU VOULAIS RÉPARER LA ROUTE... MAL.
TU T'AMUSES BIEN À LE REPÊCHER, MATER.
ÉVIDEMMENT, CETTE ATTITUDE LE MIT BIENTÔT DANS L'EMBARRAS.

C'EST ALORS QUE J'AI RÉALISÉ QUE LA COURSE ÉTAIT TOUJOURS EN MOI. QUE TOUT N'AVAIT ÉTÉ QUE MENSONGE.

J'AI APPRIS QUE VOUS ÉTIEZ À LA RECHERCHE D'UNE VOITURE DE COURSE PERDUE?
FLASH EST ICI. VENEZ LE CHERCHER.

J'ÉTAIS TELLEMENT TERRORISÉ À L'IDÉE DE FAIRE FACE À MON PASSÉ QUE J'AI TRAHI UN AMI.

J'ÉTAIS TELLEMENT AVEUGLÉ PAR MES PEURS QUE JE N'AI PAS COMPRIS CE QUE FLASH MCQUEEN POUVAIT SIGNIFIER POUR LE RESTE DE LA VILLE. OU POUR MOI!
TU LES AS APPELÉS?
C'EST MIEUX AINSI POUR TOUT LE MONDE, SALLY!
MIEUX POUR TOUT LE MONDE? OU MIEUX POUR TOI?

IL M'A MONTRÉ QUE LA SEULE FAÇON DE FAIRE FACE À L'AVENIR, C'EST D'EMBRASSER LE PASSÉ.

CE NUMÉRO DES BAGNOLES EST RESPECTUEUSEMENT DÉDIÉ À LA MÉMOIRE DE **PAUL S. NEWMAN**, COUREUR AUTOMOBILE, ACTEUR, GENTILHOMME ET LA VOIX DE DOC HUDSON.

RS
RADIATOR SPRINGS
Graissage
Huile
htB
86

Chapitre
trois
43
86
htB
Rust·eze

TOC! TOC!

LA CHANCE D'HUMILIER FLASH MCQUEEN SUR **SA** PROPRE PISTE... COMMENT RÉSISTER?

HÉ, CHICK, QUELLES SONT LES **PRÉVISIONS** POUR AUJOURD'HUI?

RADIATOR SPRINGS
RADIATOR SPRINGS
COURSE
BIENVENUE À TOUS LES PILOTES À LA PREMIÈRE PARTIE DE LA COURSE INAUGURALE DU RALLYE DE **RADIATOR SPRINGS**.
POUR AJOUTER DU PIQUANT À LA COURSE AUJOURD'HUI, LE DÉPART SERA DONNÉ AVEC UNE **GRILLE INVERSÉE**, LE PILOTE QUALIFIÉ POUR LA POSITION DE TÊTE PARTIRA DONC EN QUEUE DE PELOTON!
LE HÉROS LOCAL, **FLASH MCQUEEN**, ET LE CHAMPION EN TITRE DE LA COUPE DU PISTON, **CHICK HICKS**, ONT DONC TOUT UN DÉFI À RELEVER.
ON PEUT S'ATTENDRE À UNE COURSE FANTASTIQUE, MES AMIS... ET N'OUBLIEZ PAS QUE TOUS LES PROFITS SERONT VERSÉS AU CAMP DU CERCLE DES CHAMPIONS QUI VIENT EN AIDE AUX JEUNES VOITURES AYANT DES BESOINS PARTICULIERS!

CARTRIP, CE MOULIN À PAROLES DE LA TÉLÉ, C'EST QU'UN MANCHE À AIR. PAS DE PROBLÈME POUR LE DÉPASSER.
86

ANDRETTI EST TOUJOURS DANS LE COUP À SON ÂGE. IL NE FAUT PAS LE PERDRE DE VUE. MAIS IL EST PLUS HABITUÉ À LA COURSE SUR PLACE QU'AUX CARAMBOLAGES.
86

EARNHARDT JR., UN JEUNE PLEIN DE TALENT, MAIS IL A BEAUCOUP À APPRENDRE ET DOIT **FAIRE SES PREUVES.** CONTRAIREMENT À SON VIEUX, IL EST FACILE À INTIMIDER.
86

AH! LE **GRAND CHAMPION N°5**. IL EST PEUT-ÊTRE CONSIDÉRÉ COMME LE MEILLEUR DANS LE RESTE DU MONDE, MAIS IL N'A JAMAIS COURU DANS UNE COURSE DU GENRE. IL VA DEVOIR APPRENDRE À LA DURE QUE C'EST LA PLACE DE CHICK ICI.
86

UN AUTRE **VÉTÉRAN**. J'ESPÈRE QUE GRAND-PÈRE EST PRÊT POUR UN PEU DE VENT DANS SES FENÊTRES. **KA-CHIGGA!!**
86

FLASH MCQUEEN, TU N'AS AUCUNE IDÉE DE CE QUI T'ATTEND.
htB
86
ALLEZ, DIS-MOI CE QUE TU EN PENSES!
C'EST ÇA, UNE COURSE AU PROFIT D'UN ORGANISME DE BIENFAISANCE DANS TON PATELIN PERDU?!
UNE MINUTE, MONSIEUR LE GRAND CHAMPION DE LA COUPE DU PISTON! VOUS POUVEZ GAGNER AUTANT DE COURSES QUE VOUS LE VOULEZ, MAIS DES VOITURES COMME FLASH MCQUEEN ET LE KING SERONT TOUJOURS NOS HÉROS...
JE VAIS LEUR MONTRER À TOUS... SURTOUT À CE JEUNE MINABLE!
htB

RADIATOR SPRINGS RALLYE
RADIATOR SPRINGS PISTE
ALORS, TIMMY...
SURPLUS DE L'ARMÉE DU SALUT
CAFÉ CHEZ FLO

PARLE-MOI UN PEU DU CAMP DU CERCLE DES CHAMPIONS ET DE CE QUE ÇA SIGNIFIE POUR TOI.
SPRINGS Rallye

EH BIEN, M. CUTLASS, HEU... LE CAMP NOUS OFFRE LA CHANCE DE NOUS AMUSER AVEC D'AUTRES ENFANTS.

CE QUE JE PRÉFÈRE, C'EST AVOIR L'OCCASION DE RENCONTRER MES HÉROS ET ME FAIRE DE NOUVEAUX AMIS.

TRÈS INSPIRANT, TIMMY, MAIS NOTRE TEMPS EST DÉJÀ ÉCOULÉ ET NOUS DEVONS TOUT DE SUITE CÉDER L'ANTENNE PARCE QU'ON VA BIENTÔT DONNER LE SIGNAL DU DÉPART.

OH OUI! VENEZ-Y UN PEU, LES P'TITS GARS!
KEUFF! KEUFF!
MAUVAISE HABITUDE, MULVILL.

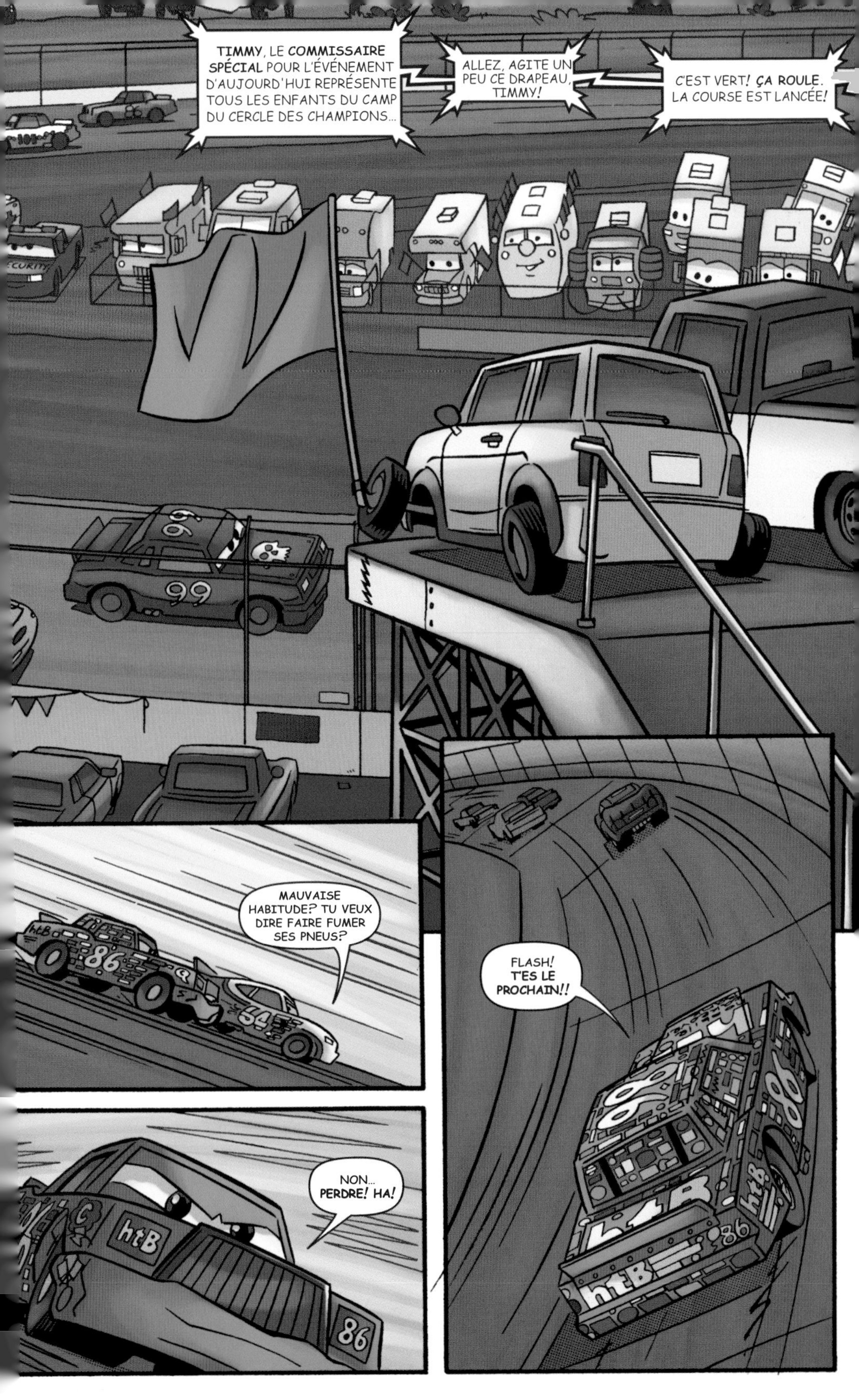
TIMMY, LE COMMISSAIRE SPÉCIAL POUR L'ÉVÉNEMENT D'AUJOURD'HUI REPRÉSENTE TOUS LES ENFANTS DU CAMP DU CERCLE DES CHAMPIONS...
ALLEZ, AGITE UN PEU CE DRAPEAU, TIMMY!
C'EST VERT! ÇA ROULE. LA COURSE EST LANCÉE!
MAUVAISE HABITUDE? TU VEUX DIRE FAIRE FUMER SES PNEUS?
NON... PERDRE! HA!
FLASH! T'ES LE PROCHAIN!!

BELLE MANŒUVRE, FLASH. MAIS ÇA NE CHANGE RIEN... CHICK S'EN VIENT TE CHERCHER!

À PLUS TARD, CANDYMAN!

TU PEUX TOUJOURS COURIR, FLASH...

... MAIS TU NE PEUX PAS TE CACHER!

ALORS LE CHAMPION DE LA TÉLÉ. RIEN À DIRE?
T'ES PEUT-ÊTRE TROP VIEUX POUR COURIR AVEC LES GRANDS, HEIN, CARTRIP?

TON TOUR VIENDRA, HICKS. TON TOUR VIENDRA!
NON, C'EST AUJOURD'HUI QUE C'EST MON TOUR. KA CHIGGA!!

VOUS M'AVEZ LAISSÉ UNE PETITE PLACE, LES GARS...
... VOUS POUVEZ ÊTRE CERTAINS QUE JE VAIS Y ALLER!
BANG!
WOUAOU!

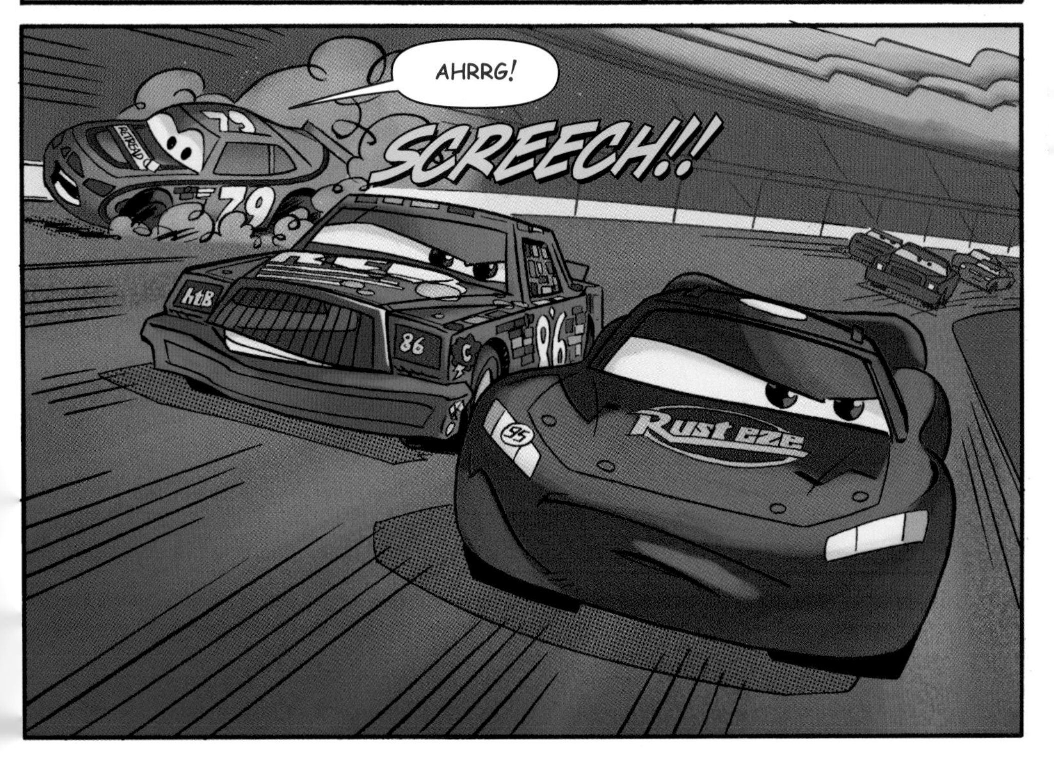
AHRRG!
SCREECH!!

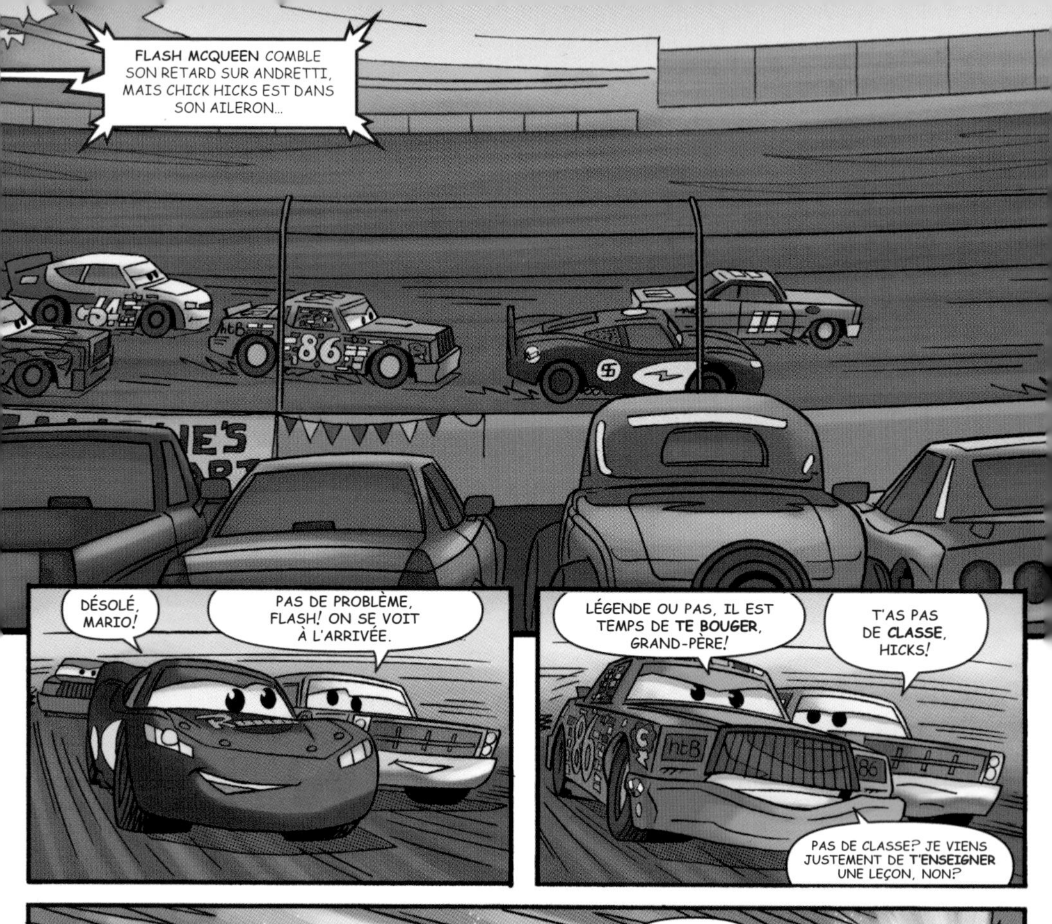
FLASH MCQUEEN COMBLE SON RETARD SUR ANDRETTI, MAIS CHICK HICKS EST DANS SON AILERON...

DÉSOLÉ, MARIO!
PAS DE PROBLÈME, FLASH! ON SE VOIT À L'ARRIVÉE.

LÉGENDE OU PAS, IL EST TEMPS DE TE BOUGER, GRAND-PÈRE!
T'AS PAS DE CLASSE, HICKS!
PAS DE CLASSE? JE VIENS JUSTEMENT DE T'ENSEIGNER UNE LEÇON, NON?
JE SUIS JUSTE DERRIÈRE TOI, FLASH!

OK, CHICK. C'EST LE MOMENT DE CHAUSSER DES NOUVEAUX PNEUS. AU PUITS!
T'ES EN SURSIS, FLASH!

LES AMIS, ON FAIT ÇA COMME IL FAUT. ON VISE LA VICTOIRE, D'ACCORD?

ÇA VIENT!

BOING!
BOING!

OUFF!

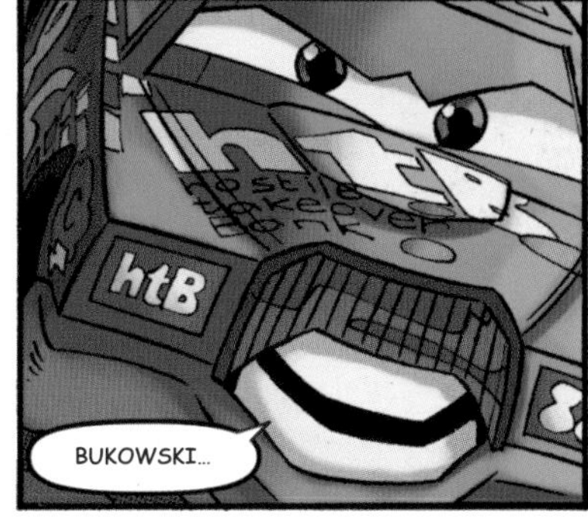
BUKOWSKI...

...PFUHH!
ALLEZ, REPRENDS-TOI ET FIXE-MOI CETTE ROUE, TU VEUX!

ZING!

SKREECH

LES ERREURS, ÇA ARRIVE À TOUT LE MONDE. ON SE CONCENTRE.
CETTE COURSE EST À NOUS, MAIS FAUT PAS SE LOUPER, D'ACC...

C'EST L'HEURE DES RÉJOUISSANCES.

HÉ, CHAMPION! T'AS PEUR DE FAIRE LA COURSE AVEC MOI?

Radiator Springs
Course
SUPER
HUDS

JE NE COMPRENDRAI JAMAIS POURQUOI FLASH MCQUEEN LAISSE CETTE BANDE DE NULS LE RETENIR...
AMMUR
Rust-eze
SUPER HUDSON
HORNET

htB
86
... ET, EN PLUS, POURQUOI FLASH REMPLACE-T-IL HUDSON, SON CHEF D'ÉQUIPE, PAR **CE BOUFFON**?!

FLASH MCQUEEN RESSORT EN QUEUE DE PELOTON.
SKREECH

VOYONS CE QUE LE HÉROS LOCAL EST CAPABLE DE FAIRE.

BONK!

AAARRRGGGHHHH!!!

SCREEEEEEEE!!!

ZING!
BONK!
BANG!

KRUNK!
PING!
SMASH!
GRIND!

SCREEE!

KRRUNNCHH!
CLANK!
MAAASH!

BONK!
CLANG!
KABLOOEY!
J'SUIS TELLEMENT NERVEUX, ÇA VA PÉTARADER DANS MA TUYAUTERIE, LES GARS!
S'IL TE PLAÎT, MATER, HÉ, UN PEU DE RETENUE!

THUNK!
CRUNCH!
SMASH!
TINK!

BELLE TENTATIVE, HICKS!
TU DEVRAIS VOIR UN THÉRAPEUTE POUR COMPRENDRE POURQUOI TU FAIS CE GENRE DE TRUCS.

POURQUOI FAIS-TU CE **GENRE DE CHOSES?**
IL AVAIT BESOIN D'AIDE, MONSIEUR.

ÉCOUTE-MOI, MON GARÇON... ON EST UNE FAMILLE DE **CHAMPIONS!**
ON N'A PAS DE TEMPS POUR LES **PERDANTS**, ICI! ILS NE PEUVENT QUE TE RETARDER, TU VOIS CHICK!
IL FAUT **GAGNER À TOUT** PRIX, COMPRIS!
JE... JE CROIS, PÈRE.

POOF!

QU'EST-CE QUE TU FAIS? C'EST L'HEURE DE LA PAUSE, PEUT-ÊTRE?! FLASH MCQUEEN A PRIS LES DEVANTS MAINTENANT. CESSE DE RÊVER ET REPRENDS-TOI!
« GAGNER À TOUT PRIX! »

OK, MONSIEUR 7 FOIS CHAMPION. VOYONS CE QUE T'AS DANS LE VENTRE.

PEUT-ÊTRE PLUS QUE CE QUE TU PEUX **ENCAISSER**, MONSIEUR CARAMBOLAGE!

QUE DIS-TU DE ÇA, MON JOLI? CHEZ NOUS, ON APPELLE ÇA UN **P'TIT ÉCHANGE DE PEINTURE!**
htB hostile takeover Bank
86

ÇA, C'EST DE LA **VRAIE COURSE!**
htB hostile takeover Bank
86

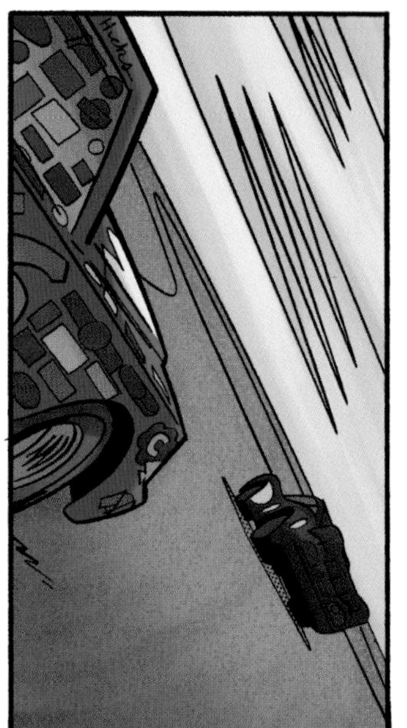

BANG!
HÉ, CHAMPION, QUE PENSES-TU DU REMODELAGE DE TA CARROSSERIE?

J'IMAGINE QUE TU NE T'ATTENDAIS PAS À CE QUE LA FOUDRE TE TOMBE DESSUS! KA-CHIGGA!!

LES PREMIERS PILOTES ENTREPRENNENT LE DERNIER TOUR, ET IL SEMBLE QUE LA COURSE VA SE JOUER ENTRE CHICK HICKS ET LE KING.

COMME ON SE RETROUVE, HEIN, GRAND-PÈRE!

TROP FACILE!

CE N'EST PAS ENCORE FINI, LE JEUNE.

BIEN SÛR, L'ANCÊTRE. MAIS T'ES TROP SÉNILE POUR LE VOIR!

OH, OUIII!!
KA-CHIGGA!! BÉBÉ!

QU'EST-CE QUE JE DISAIS?
L'ORAGE ET LA FOUDRE! PROBABILITÉS : 100 %

YAAAAAY!
htB

TU VOIS, TU SERAS TOUJOURS GAGNANT SI TU ROULES AVEC LA **FOUDRE!**

TU VOIS, BRUISER, T'AS QU'À M'ÉCOUTER ET TU PEUX TOUT RÉUSSIR!

FÉLICITATIONS, CHICK. ON DIRAIT QUE TU M'AS BATTU SUR MA PROPRE PISTE, COMME TU L'AVAIS PRÉDIT.

JE CROIS QUE J'AI VU LA COULEUR DE **TON PARE-CHOCS ARRIÈRE** POUR UNE FOIS.
TU COURS COMME UN VRAI DUR, HICKS. J'AI HÂTE DE VOIR CE QUE TU VAS FAIRE SUR LA TERRE BATTUE DEMAIN.

LA TERRE BATTUE? DEMAIN?

T'AVAIS PAS ENTENDU? CE N'ÉTAIT QUE LA PREMIÈRE PARTIE, LA PREMIÈRE COURSE.
DEMAIN, ON COURT SUR LES ROUTES DE TERRE BATTUE DANS LA VALLÉE.

VOUS VOULEZ DIRE QU'IL Y A UN HIC : UN AUTRE JOUR DANS CETTE VILLE PAS CHIC!

DINOCO
43
DINOCO
43
Rust·eze
95
86
htB

Chapitre
quatre
htB
86

DANS LE 1ER BANDEAU JAUNE DURANT LA SOIRÉE APRÈS LA PREMIÈRE PARTIE DU RALLYE DE RADIATOR SPRINGS.
TOUS LES PARTICIPANTS SE RASSEMBLENT CHEZ FLO POUR CÉLÉBRER **LA VICTOIRE DE CHICK HICKS** SUR LA PISTE DE RADIATOR SPRINGS.
L'ATMOSPHÈRE EST JOYEUSE APRÈS LA COURSE, SAUF POUR LE GAGNANT DE LA COURSE, CHICK HICKS.
Chez Flo
QUELLE COURSE, MES AMIS! QUELLE COURSE!
JE VAIS VOUS APLATIR TOUS, COMME LE FERAIT CHICK HICKS!

MERCI, MES AMIS, POUR LES NOUVEAUX PNEUS. ILS SONT PARFAITS.
NO PROBLEMA, ET NOUS AVONS DES PNEUS **SPECIALIZZATO** POUR LA CORSA DEMAIN.
SI.

ALORS, DITES-MOI, QUEL EST LE SECRET POUR **GAGNER** LES COURSES IMPORTANTES?
IL N'Y A PAS DE SECRET. CHAQUE COURSE, C'EST LA **MÊME CHOSE.**
SÛR, IL SUFFIT DE MENER UN TOUR.
OUAIS, LE **DERNIER.**

VOUS ÊTES BEAU.
AAAH! ACCEPTEZ LE COMPLIMENT. VOUS ÊTES VRAIMENT UNE **BELLE PIÈCE** DE MACHINERIE!
VRAIMENT, MESDAMES...

Y A RIEN DE MIEUX QUE DE **PARTAGER UNE BONNE PINTE** AVEC LES VIEUX AMIS. C'EST MIEUX QUE DE COURIR APRÈS VOUS TOUTE LA NUIT.
OUAIS, MAIS **C'ÉTAIT LE BON TEMPS!**
ÇA OUI!

ALORS, PARLE-MOI UN PEU DE TON **CARBURANT ORGANIQUE**, FILLMORE.
ÇA PERMETTRA À TON MOTEUR DE FONCTIONNER ENCORE PLUS EN DOUCEUR, VIEUX!
N'ÉCOUTE PAS CE HIPPIE. CE TRUC VA BOUFFER TES CANALISATIONS.

ALORS, LES GARS, COMMENT AVEZ-VOUS FAIT POUR DEVENIR **ASSEZ GROS** POUR REMORQUER DES VOITURES DE COURSE?
ON POURRAIT DIRE QU'**ON EST FAITS POUR ÇA!**

IL COMMENCE À FAIRE NOIR. JE VAIS DEVOIR RASSEMBLER LES ENFANTS DU CAMP POUR LA NUIT.
ALLEZ, **LES P'TITS GARNEMENTS!** C'EST L'HEURE D'ALLER DORMIR.
MACK
Rusteze
DINOCO
MACK

J'EN AI MA CLAQUE DE CES GAMINS.
TU SAIS, HICKS, JE CROYAIS QUE TU SERAIS PLUS HEUREUX APRÈS UNE VICTOIRE.
86
htB
UNE VICTOIRE DANS CE TYPE DE COURSE, ÇA N'A RIEN D'ÉLECTRISANT, GRAND-PÈRE!

J'ESPÈRE SEULEMENT QUE TU N'ATTENDRAS PAS D'AVOIR MON ÂGE POUR COMPRENDRE QUE GAGNER N'**EST PAS** TOUT DANS LA VIE. TU DEVRAIS EN PROFITER, ÇA NE DURE PAS TOUJOURS, TU SAIS.
htB
86

JE CROIS QUE TU POURRAIS APPRENDRE BEAUCOUP DE CES ENFANTS, HICKS!
htB
86
ÉCOUTEZ, DOC, J'AI DU RESPECT POUR VOUS EN TANT QUE **COUREUR** ET **CHAMPION**.
MAIS VOUS N'**ÊTES PAS** MON **DOCTEUR**, ALORS **LAISSEZ** MON PASSÉ **TRANQUILLE**, D'ACCORD?
htB

TU ME FAIS PENSER À QUELQU'UN QUE J'AI CONNU AUTREFOIS.

SUR LA PISTE, NOUS ÉTIONS **TOUT SAUF** DES AMIS.

MAIS QUAND LA COURSE FUT TERMINÉE POUR NOUS DEUX, NOUS AVONS FAIT LA PAIX.

QUOOIOIOI?!
JE ME DEMANDE BIEN QUI ÇA PEUT ÊTRE?
LA DERNIÈRE VOITURE À RENTRER À CETTE HEURE DE LA NUIT, C'ÉTAIT FLASH MCQUEEN. J'ESPÈRE QUE NOUS N'AURONS PLUS CE PROBLÈME.
Lent
25
QUI EST-CE?
JE N'ARRIVE PAS À Y CROIRE.
23
EST-CE MON ANCIEN RIVAL, SAMMY LA STUDEBAKER?
??
86
STU, C'EST TOI?
23
C'EST ÇA, TON VIEUX RIVAL. HA! ON DIRAIT BIEN QUE LE VIEUX SAMMY NE POURRAIT PAS DÉPASSER LE 55.

TÔT LE LENDEMAIN MATIN.
ALORS, EST-CE
MATER? QU'EST-CE QUI T'AMÈNE ICI SI TÔT? LA COURSE NE COMMENCE PAS AVANT UNE HEURE.

J'SUIS SUPPOSÉ VOUS AIDER À FAIRE QUE'QU'CHOSE, DOC! J'ESPÈRE QU'VOUS VOUS RAPPELEZ, PARCE QUE MOI...

... J'Y ARRIVE PAS.

VEUX-TU PARLER DE M'INSTALLER LES PNEUS SPÉCIAUX POUR LA TERRE BATTUE?
DES PNEUS POUR LA TERRE BATTUE, DES PNEUS POUR LA TERRE...

ÇA SEMBLE BIEN ÊTRE ÇA.
...?
ON LES A DÉJÀ INSTALLÉS HIER, MATER.
ALORS, C'EST DÉJÀ FAIT, SACREBLEU!
ORNAMENT VALLEY

TU AS FAIT DU BON BOULOT, MÊME SI JE NE SAIS JAMAIS SI ON PEUT TE FAIRE CONFIANCE AVEC LES OUTILS.
À LA DERNIÈRE MINUTE, LE COPAIN DE TIMMY S'EST RETROUVÉ À LA MAUVAISE PLACE, MAIS, HEU... JE SUIS CERTAIN QU'AVEC UN PEU DE RUBAN ADHÉSIF, SA MÈRE NE REMARQUERA RIEN.
Lent
25 MPH

VAS-Y, STICKERS.
Ferrari
Ferrari
CES PNEUS SPECIALIZZATO-LÀ VONT TE FOURNIR TOUTE L'ADHÉRENCE QU'IL TE FAUT SUR LA TERRE BATTUE, MAIS ATTENZIONE AUX ROCHES. ELLES SONT TRÈS IMPRÉVISIBLES.
* RIRES * TU VOIS! C'EST CE QUE JE T'AI DIT. T'ES TOUT CALME AVEC ÇA. * RIRES *
* RIRES * C'EST SÛR QUE C'EST DU BON. * RIRES *
PAIX
HÉ, LE JEUNE, TON CAPOT DOIT POINTER DANS LA BONNE DIRECTION. VA DONC CHEZ FLO, PRENDRE QUELQUES PINTES DE BONNE HUILE.

ÇA FAIT PLUSIEURS ANNÉES QUE JE N'AI PAS SENTI LA TERRE BATTUE SOUS MES PNEUS.
MOI AUSSI, ÇA FAIT DU BIEN, NON?

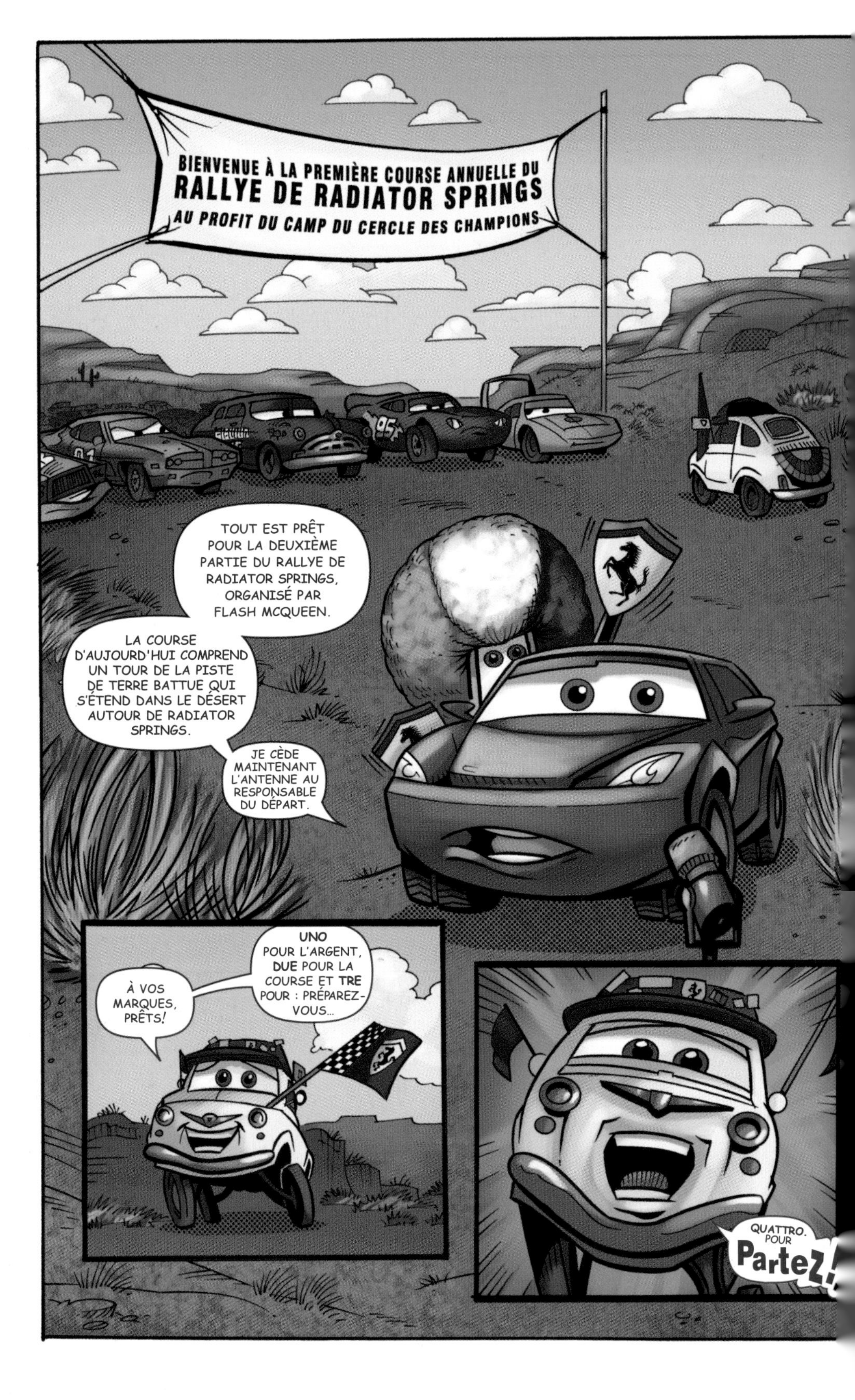
BIENVENUE À LA PREMIÈRE COURSE ANNUELLE DU
RALLYE DE RADIATOR SPRINGS
AU PROFIT DU CAMP DU CERCLE DES CHAMPIONS
TOUT EST PRÊT POUR LA DEUXIÈME PARTIE DU RALLYE DE RADIATOR SPRINGS, ORGANISÉ PAR FLASH MCQUEEN.
LA COURSE D'AUJOURD'HUI COMPREND UN TOUR DE LA PISTE DE TERRE BATTUE QUI S'ÉTEND DANS LE DÉSERT AUTOUR DE RADIATOR SPRINGS.
JE CÈDE MAINTENANT L'ANTENNE AU RESPONSABLE DU DÉPART.
À VOS MARQUES, PRÊTS!
UNO POUR L'ARGENT, DUE POUR LA COURSE ET TRE POUR : PRÉPAREZ-VOUS...
QUATTRO. POUR PARTEZ!

TEUF! TEUF!

GO! GO! GO!

ET C'EST PARTI!

D'ACCORD, FLASH! DOC A DIT DE NE PAS OUBLIER DE TOURNER À GAUCHE, PUIS À DROITE, C'EST ÇA?

SACREBLEU, FLASH! JE CROIS QUE J'AI PRIS TROP DE CE JUS ÉTRANGE DE FILLMORE. FAUT QUE J'Y AILLE.
OK, MATER! JE CROIS QUE ÇA VA ALLER!
T'AURAIS JAMAIS DÛ M'ENSEIGNER TOUS TES TRUCS, GRAND-PÈRE.
PAS TOUS, LA RECRUE. D'ICI À CE SOIR, TU VAS MANGER UN PEU DE MA POUSSIÈRE.
YEE! HAA!
COMMENT TU T'EN TIRES DERRIÈRE, HICKS?

TU T'AMUSES, L'ANCÊTRE. ATTENDS QU'ON ARRIVE AUX LIGNES DROITES.

ON Y EST DANS LES LIGNES DROITES, OÙ EST PASSÉ LE CHAMPION DE LA COUPE DU PISTON?
CONTINUE DE SURVEILLER TES MIROIRS, PARCE QUE JE N'SUIS PAS LOIN.
BOUGE-TOI UN PEU, LE CHAMPION S'EN VIENT.
ON EST MIEUX DE FAIRE CE QU'IL DIT, LES GARS.
OK, SI C'EST ÇA QU'IL VEUT.
ON SE VOIT À L'ARRIVÉE, LES VÉTÉRANS. KA-CHIGGA!
ALORS LÀ, ÇA VA ÊTRE UN PEU JUSTE!

BANG!!
OUCH!!

OUAIS, J'IMAGINE QU'ON SE VOIT À L'ARRIVÉE.

JE N'ARRIVE PLUS À DIRIGER LA VOITURE.

CES SALES VIEUX ROUTIERS M'ONT JOUÉ UN TOUR!! TRICHEURS!

FLASH MCQUEEN ET DOC HUDSON CONTINUENT DE SE BATTRE POUR LA TÊTE DE LA COURSE...
ATTENTION À CE QUE TU DIS, CHAMPION!
ALLEZ, GRAND-PÈRE. VOYONS CE QUE TU SAIS FAIRE SUR LA TERRE BATTUE.
Rust-eze
95

C'EST COMME AU BON VIEUX TEMPS.
IL NE MANQUE QU'UNE CHOSE.
OUAIS, LE SHÉRIF À NOTRE POURSUITE AVEC SA JOLIE LUMIÈRE ET LA SIRÈNE QUI BEUGLE DANS LA NUIT.
AH, LE BON TEMPS!
LES VÉTÉRANS SEMBLENT RAVIS DE RETROUVER LES PISTES DE TERRE BATTUE...

HÉ, MARIO, C'EST VRAIMENT DIFFÉRENT POUR MOI!
J'AI GRANDI SUR LES PISTES DE TERRE BATTUE. RESTE PRÈS DE MOI, JE VAIS TE MONTRER DES TRUCS.
COMMENT! TE SUIVRE? C'EST TOI QUI VA DEVOIR ME SUIVRE!
MARIO
11
... TANDIS QUE LES CHAMPIONS DES PISTES PROGRESSENT DANS LE PELOTON.

CETTE POUSSIÈRE, ÇA S'INFILTRE PARTOUT!
J'EN AI JUSQUE DANS MON ÉCHAPPEMENT. COMMENT FAISAIENT-ILS POUR CONDUIRE ICI DANS LE TEMPS?
Tach-O-Mint
101
RETRE
18
C'EST UNE TOUTE NOUVELLE EXPÉRIENCE POUR LES RECRUES DE LA COUPE DU PISTON.
JUSTEMENT, À PROPOS DES PARTICIPANTS HABITUELS DE LA COUPE DU PISTON, OÙ EST LE CHAMPION EN TITRE, CHICK HICKS? ON NE LE VOIT NULLE PART!

ALLEZ, CHICK. TU PEUX Y ARRIVER.
UNE ROUE TORDUE, ÇA NE DOIT PAS T'ARRÊTER.
OK CHICK, VA CHERCHER AU FOND DE TOI. T'ES LE CHAMPION, N'OUBLIE PAS. PAS DE PLACE POUR L'ÉCHEC.
FAIS-MOI **BOUGER** C'TE ROUE

C'EST INUTILE!

MA CARRIÈRE EST FOUTUE!
NE LÂCHEZ PAS, M. HICKS!

TIMMY!
COMMENT ES-TU ARRIVÉ JUSQU'ICI?
AVEC UN PEU D'AIDE DE MES AMIS…

TU POURRAIS AVOIR DE L'AIDE AUSSI.

ÉCOUTE, LE JEUNE, JE N'AI PAS D'AMIS…
… ET JE **N'AI PAS BESOIN** DE TON AIDE.

OK, ÇA ME VA COMME ÇA.

ATTENDS, MON GARÇON.
COMMENT **FAIS-TU ÇA?**

JE CROYAIS QUE VOUS N'AVIEZ PAS BESOIN D'AIDE? QUE VOUS POUVIEZ Y ARRIVER **TOUT SEUL?**

JE SUIS DÉSOLÉ, MON GARS.
JE N'ARRIVE PAS À CROIRE QUE JE VAIS DIRE ÇA...
... MAIS, AIDE-MOI...

htB
hostile takeover Bank
... S'IL TE PLAÎT.

C'EST VRAIMENT TRÈS SIMPLE, UNE FOIS QU'ON COMPREND LE TRUC.
C'EST COMME EN VOILIER. D'ABORD, IL FAUT TOURNER DANS UNE DIRECTION, PUIS TOUT DROIT POUR AVANCER.

IL NE FAUT PAS TROP ACCÉLÉRER, JUSTE UN PEU POUR FAIRE ROULER LA ROUE.
POUR **RÉUSSIR**, IL FAUT Y ALLER EN DOUCEUR.
J'ACCÉLÈRE **TOUJOURS À FOND**, JE SUIS UNE **VOITURE DE COURSE!**

JE NE SUIS PAS CERTAIN QUE JE PEUX Y ARRIVER. J'ATTAQUE **TOUJOURS** À FOND PARTOUT.

BIEN SÛR, QUE VOUS LE POUVEZ. IMAGINEZ QUE C'EST UN AUTRE TYPE DE COURSE, QU'IL FAUT CONDUIRE AVEC PRÉCAUTION, QUE C'EST UNE COURSE QUE VOUS ALLEZ **GAGNER!**

INCROYABLE! JE CROIS QUE ÇA FONCTIONNE!

D'ACCORD, M. HICKS, MAINTENANT, TOURNEZ-VOUS DE L'AUTRE CÔTÉ. ET SOUVENEZ-VOUS, PAS D'ACCÉLÉRATION BRUSQUE. EN DOUCEUR, TOUJOURS EN DOUCEUR.
EUH... TU PEUX LAISSER TOMBER LE MONSIEUR, GARÇON. APPELLE-MOI SIMPLEMENT CHICK.
EUH... D'ACCORD, HEU... CHICK.
OK, TIMMY. ALLONS-Y. **KA-CHIGGA!**
COMMENT PEUX-TU TOUJOURS FAIRE ÇA COMME ÇA, C'EST VRAIMENT TRÈS FATIGANT.
ON S'HABITUE. APRÈS TOUT, JE ME SUIS TOUJOURS DÉPLACÉ DE CETTE FAÇON. C'EST NATUREL POUR MOI.
C'EST SURTOUT TRÈS LENT. ÇA VA PRENDRE UN TEMPS FOU POUR RETOURNER EN VILLE.

EUH... PEUT-ÊTRE QUE J'PEUX VOUS AIDER!
MATER! POURQUOI T'ES REVENU?
J'PENSAIS QU'MON JEUNE AMI AURAIT PEUT-ÊTRE BESOIN D'L'AIDE D'UN AMI POUR RENTRER.
QU'EST-CE QUI SE PASSE AVEC FLASH MCQUEEN? NE FAIS-TU PAS PARTIE DE SON ÉQUIPE?
BEN... FALLAIT QU'J'AILLE AU PUITS ET JE M'SUIS PERDU EN ROUTE ET... BEN, J'PENSE QU'MON AMI S'EN TIRE PAS TROP MAL SANS MOI APRÈS TOUT.

ALORS, ÇA TE VA COMME ÇA?
OK, JE L'ADMETS, T'AS RIEN PERDU DE TA TECHNIQUE!
IL SEMBLE QUE LE SUPER HUDSON HORNET AIT LE DESSUS ALORS QU'ILS ATTAQUENT LE VIRAGE DE LA BUTTE À WILLY POUR LA DERNIÈRE FOIS.
SUPER HORNET
Rust-eze

BIENVENUE À LA PREMIÈRE COURSE ANNUELLE DU
RALLYE DE RADIATOR SPRINGS
AU PROFIT DU CAMP DU CERCLE DES CHAMPIONS
HOURRA POUR MONSIEUR HORNET!

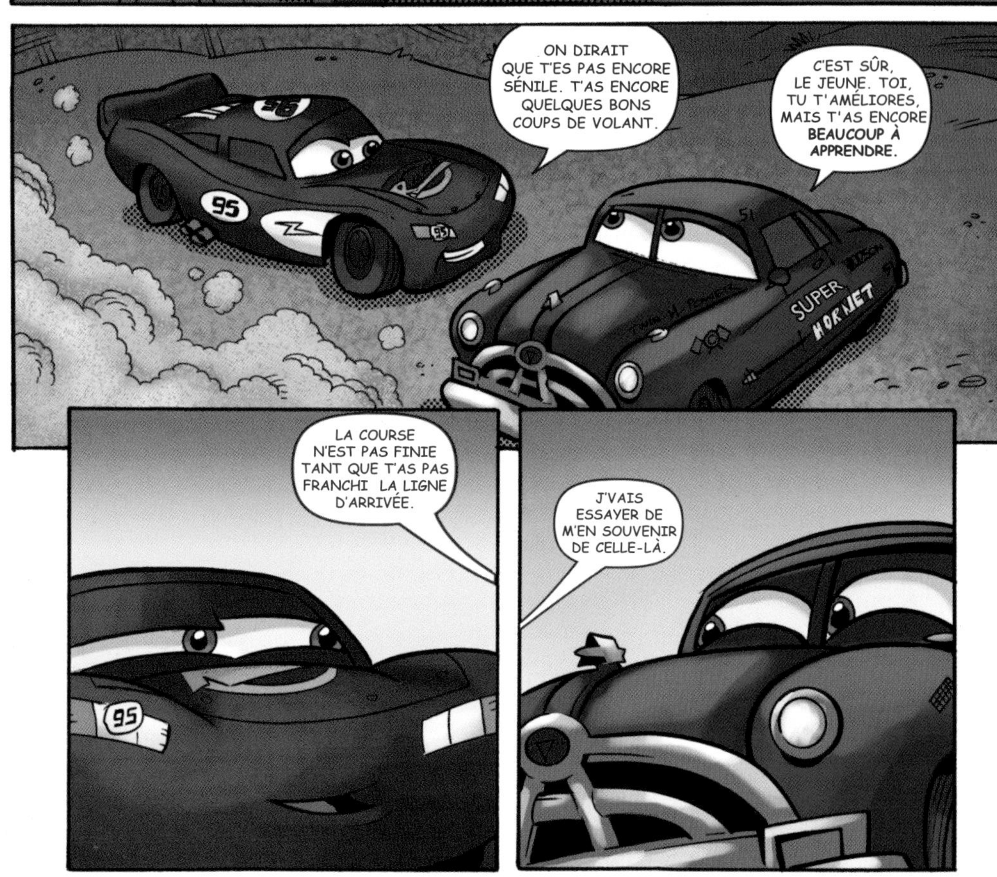
ON DIRAIT QUE T'ES PAS ENCORE SÉNILE. T'AS ENCORE QUELQUES BONS COUPS DE VOLANT.
C'EST SÛR, LE JEUNE. TOI, TU T'AMÉLIORES, MAIS T'AS ENCORE **BEAUCOUP À APPRENDRE.**
LA COURSE N'EST PAS FINIE TANT QUE T'AS PAS FRANCHI LA LIGNE D'ARRIVÉE.
J'VAIS ESSAYER DE M'EN SOUVENIR DE CELLE-LÀ.

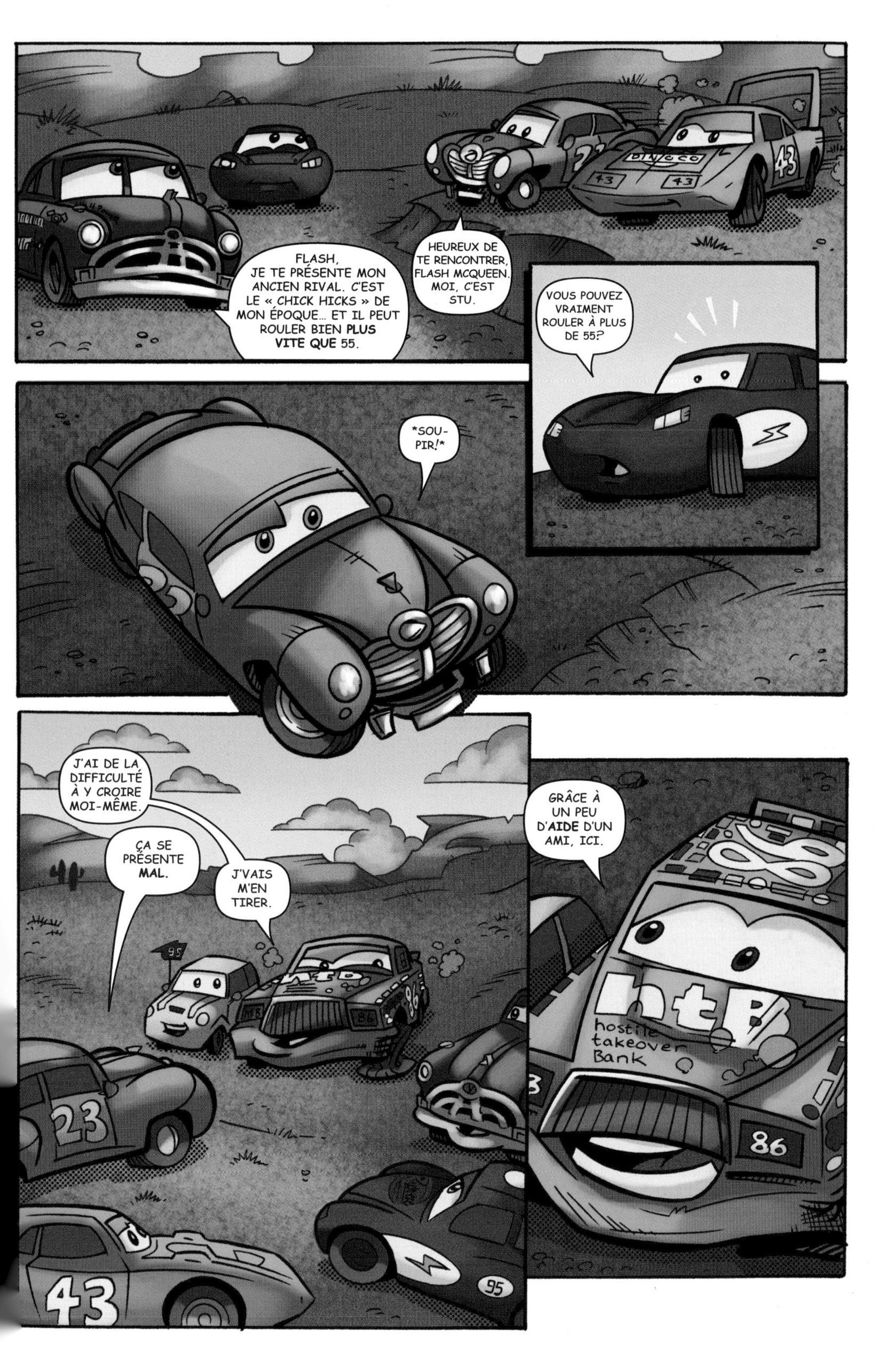
FLASH, JE TE PRÉSENTE MON ANCIEN RIVAL. C'EST LE « CHICK HICKS » DE MON ÉPOQUE… ET IL PEUT ROULER BIEN **PLUS VITE QUE** 55.
HEUREUX DE TE RENCONTRER, FLASH MCQUEEN. MOI, C'EST STU.
VOUS POUVEZ VRAIMENT ROULER À PLUS DE 55?
SOUPIR!
J'AI DE LA DIFFICULTÉ À Y CROIRE MOI-MÊME.
ÇA SE PRÉSENTE **MAL.**
J'VAIS M'EN TIRER.
GRÂCE À UN PEU D'**AIDE** D'UN AMI, ICI.
htB
hostile takeover Bank
86
23
43
95

CE JEUNE-LÀ A AUTANT DE CRAN, DE COURAGE ET DE DÉTERMINATION QUE N'IMPORTE QUELLE VOITURE DE COURSE ICI.

POUR LE **REMERCIER** DE SON AIDE ET DES DEUX OU TROIS PETITES CHOSES QU'IL M'A APPRISES, JE VAIS LUI REMETTRE LE TROPHÉE QUE J'AI GAGNÉ HIER. ET...
... JE VAIS FAIRE DON DE TOUS LES GAINS QUE J'AI RÉCOLTÉS CETTE ANNÉE AU CAMP DU CERCLE DES CHAMPIONS!

QUOI...!!

NE VA PAS T'IMAGINER QUE JE RAMOLLIS, FLASH MCQUEEN...
... JE SUIS **TOUJOURS** TON PIRE CAUCHEMAR!
Fin

Disney · PIXAR

HISTOIRE DE JOUETS

LE RETOUR DE BUZZ LIGHTYEAR

HOTEL

SALOON

-CAV-

ne aventure pleine de rebondissements où vous retrouverez tous vos personnages référés d'HISTOIRE DE JOUETS, dans une course contre la montre afin de rescaper le vrai uzz Lightyear.

CHAPITRE 1

OH NON...
... C'EST UN CADEAU!
AAAHHHHHHHHHHHHHHHHHHHHHH
C'EST LE MOIS D'AOÛT!
IL N'Y A AUCUNE RAISON POUR QU'ANDY REÇOIVE UN CADEAU!

C'EST INCROYABLE! C'EST LE SEUL MOIS OÙ IL EST ABSOLUMENT CERTAIN QU'IL N'Y A AUCUN ANNIVERSAIRE ET AUCUNE RAISON D'OFFRIR UN CADEAU! C'EST... C'EST... INCONCEVABLE.
JE SAIS. JE VAIS LE JETER PAR LA FENÊTRE. ET LE PROBLÈME SERA RÉSOLU.
ON SE CALME, TOUS. IL Y A CERTAINEMENT UNE ERREUR.
IL Y A UNE CARTE!
SERGENT, IL FAUT SAVOIR CE QU'IL Y A SUR CETTE CARTE.
ROGER, WOODY. LES GARS, EN AVANT!

ON VA AVOIR BESOIN D'UN PLUS GRAND COFFRE À JOUETS.
C'EST E TRÈS UVAISE DÉE.
HÉ, J'AI ENTENDU PIRE!
HAMM! IL POURRAIT Y AVOIR UN JOUET VIVANT LÀ-DEDANS. TU NE PEUX PAS LE JETER PAR LA FENÊTRE.
WHY NOT?
ILS LE VERAIENT NOUS ONS DE OUR AU NT DE PART.
JE NE CROIS PAS QUE CE SOIT CE QU'ELLE VEUT DIRE, CHÉRI.
DISNEY · PIXAR
HISTOIRE DE JOUETS

C'EST ÉCRIT QUOI ?
ÇA DIT CE QU'IL Y A LÀ-DEDANS?
IL EST ÉCRIT : CHER ANDY, VOICI UN JOYEUX QUELQUE CHOSE, AVEC AMOUR, GRAND-MAMAN.
JOYEUX QUOI?

UN JOYEUX QUELQUE CHOSE?
AFFIRMATIF.
C'EST NOËL DE NOUVEAU!
GRAND-MAMAN COMMENCE À CRAQUER!
UN NOUVEL ANNIVERSAIRE? POURQUOI?
UN JOUR QUELQUE CHOSE, ON REÇOIT UN QUELQUE CHOSE!
QRRRR... DE TOUT LE MONDE?!

VOYONS, LES AMIS. IL N'Y A PAS DE NOUVEL ANNIVERSAIRE.
GRAND-MAMAN LUI A JUSTE ENVOYÉ UN CADEAU POUR ÊTRE GENTILLE.
ÇA POURRAIT ÊTRE UN CHANDAIL... OU UN JEU DE SOCIÉTÉ!
CE N'EST CERTAINEMENT PAS UN JEU DE SOCIÉTÉ.
COMMENT PEUX-TU EN ÊTRE CERTAIN?
JE RECONNAIS CETTE BOÎTE.

ELLE VIENT DE...
STAR COMMAND.

ANDY ARRIVE!

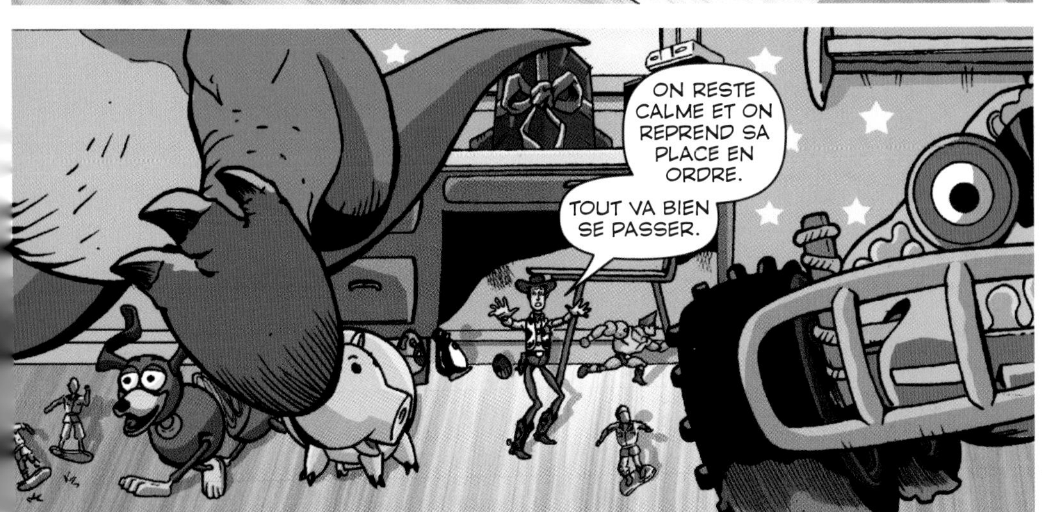
ON RESTE CALME ET ON REPREND SA PLACE EN ORDRE.
TOUT VA BIEN SE PASSER.

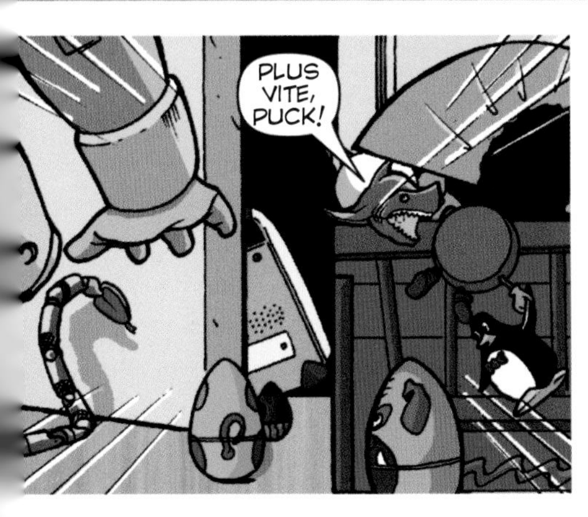
PLUS VITE, PUCK!

VOUS LE FEREZ DEUX FOIS, THORSEN!

TOUT LE MONDE EST EN POSITION!

JE DOIS DIRE QUE TES EXERCICES ONT VRAIMENT ÉTÉ PAYANTS.
OUAIS!

JE ME DEMANDE CE QU'ELLE M'A OFFERT!

PEUT-ÊTRE XR OU BOOSTER!

OU MÊME L'EMPEREUR ZURG! OU...
ADIEU, LE BON VOISINAGE...

...
OH! JE L'AI DÉJÀ, CELUI-LÀ.

UNE CHANCE QUE GRAND-MAMAN M'A LAISSÉ LA FACTURE!
SI TU L'APPELLES ET QUE TU LA REMERCIES POUR LE CADEAU QUE TU N'AS PAS DÉJÀ, CE SOIR NOUS IRONS EN CHOISIR UN NOUVEAU.
JE L'APPELLE TOUT DE SUITE. T'ES LA MEILLEURE!

ANDY, JE T'AI DÉJÀ DIT DE NE PAS COURIR DANS LES ESCALIERS!
DÉSOLÉ, MAMAN.

C'EST QUOI CETTE HISTOIRE DE LE RETOURNER?! ON PEUT FAIRE ÇA?
OUI, BUZZ...
C'EST QUE...
... ÇA ME SEMBLE UNE MAUVAISE IDÉE!

C'EST MIEUX AINSI, BUZZ...
JE CROYAIS QUE TU ÉTAIS DE MON CÔTÉ!
JE SUIS DE TON CÔTÉ.
ON NE DIRAIT PAS!

JE VAIS FAIRE LA CONNAISSANCE DE NOTRE INVITÉ AVANT QU'IL NE SOIT TROP TARD.
CE N'EST PAS UNE BONNE IDÉE, BUZZ!
CE JOUET VA BIENTÔT ÊTRE « RETOURNÉ » ET C'EST LA CHOSE LA PLUS TERRIBLE QUI PUISSE ARRIVER À UN JOUET!

ALLEZ, WOODY, TU AS PEUR QUE JE TE VOLE LA VEDETTE ?
TU AS RAISON, BUZZ, ET, EN TANT QU'UN DES PLUS VIEUX JOUETS D'ANDY, JE DEVRAIS M'EN OCCUPER...
ENFIN... SAUF...
TU IGNORES CE QU'IL Y A LÀ-DEDANS...

VOILÀ POURQUOI JE VAIS ALLER VOIR!
OH...

Mickey

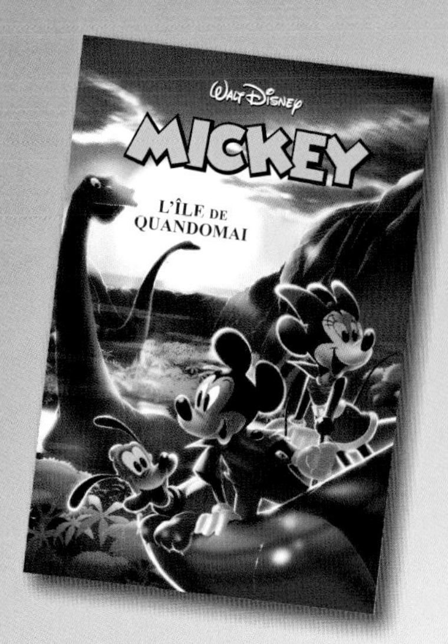

Une aventure hors du temps ! Après le naufrage de leur bateau de croisière, Mickey, Minnie, Dingo et Pluto se retrouvent échoués sur Quandomai, une île étrange où les dinosaures continuent de fouler la terre et où se cachent de terribles secrets ! Accompagnez Mickey et ses amis pour une expédition pleine d'aventures, de mystères et de nouveaux amis, qui vous transportera au-delà de votre imagination afin de percer le secret de l'île de Quandomai.

ISBN-978-2-89660-367-1

Picsou

Un programme triple ! Quand Picsou s'aventure sur la mer pour un voyage de convalescence, il découvre une île où il rencontre des Rapetou changés en pierre ainsi que le « mystérieux rayon de pierre » qui les a pétrifiés. Mais qui peut bien être ce chétif scientifique à l'œuvre dans l'ombre et comment se trouve-t-il mêlé à la transformation des Rapetou ? De retour à Donaldville, dans l'aventure mise en scène par Don Rosa intitulée « L'argent liquide », la bande des Rapetou et le scientifique s'associent pour une opération qui liquéfie littéralement les avoirs de Picsou !

ISBN-978-2-89660-368-8

BD DISNEY

Mickey

Embarquez avec Mickey et ses amis dans des aventures pleines de rebondissements et de… multiplications ? Quand une expérience de clonage tourne à la catastrophe, Mickey et Iga Biva, son ami du futur, doivent trouver un moyen d'arrêter une gigantesque armée de Mickey ! Et comme si ce n'était pas assez, Mickey découvre, lors d'une visite au mont Rushmore, qu'un dangereux criminel menace de conquérir le monde à l'aide de robots géants à l'effigie des présidents américains !

ISBN-978-2-89660-371-8

Histoire de jouets

Buzz contre Buzz ! Lorsque Andy reçoit un cadeau imprévu, un autre Buzz Lightyear, la bataille fait rage entre les deux Buzz. Et Andy, qui ne peut en conserver que un, se trompe et retourne le mauvais Buzz ! Comment Woody et la bande pourront venir à la rescousse de leur ami pour le délivrer du magasin de jouets où il est enfermé avec une armée de Buzz Lightyear ? Une aventure pleine de rebondissements où vous retrouverez tous vos personnages préférés, dans une course contre la montre afin de rescaper le vrai Buzz Lightyear.

ISBN-978-2-89660-365-7

Mickey

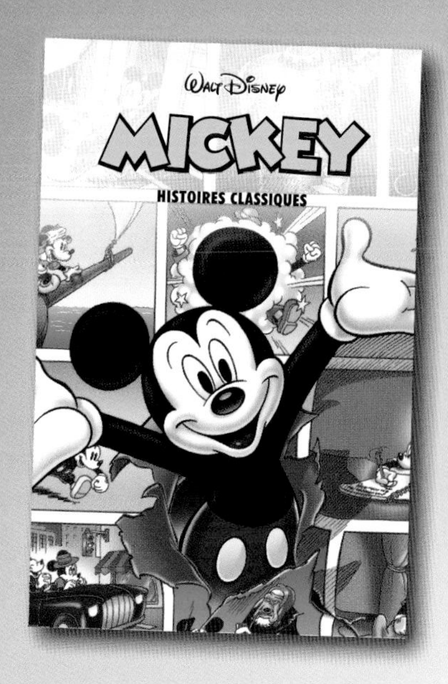

La souris est de retour parmi nous ! Nous y voilà, Minnie ! Le lac Tranquille... l'endroit le plus calme sur la terre ! Des histoires éternelles mettant en scène Mickey Mouse dans certaines de ses aventures les plus classiques, au cours desquelles il dénoue des mystères, combat les pirates ou profite simplement de la vie ! Tirées des archives de Disney, ces aventures constituent en quelque sorte les grands succès de Mickey !

ISBN-978-2-89660-370-1

Les bagnoles

Le rallye automobile ! Flash McQueen et Radiator Springs accueillent un événement au profit d'un organisme de bienfaisance, le camp du Cercle des champions et une toute nouvelle voiture, Timmy ! Mais qu'adviendra-t-il quand Chick Hicks découvrira l'existence de cette course, alors que personne n'a invité le champion de la Coupe du Piston ? Les tempéraments s'échauffent, tandis que les coureurs semblent vouloir régler leurs différends sur la piste lors de la course inaugurale qui aura lieu à Radiator Springs !

ISBN-978-2-89660-366-4

Donald

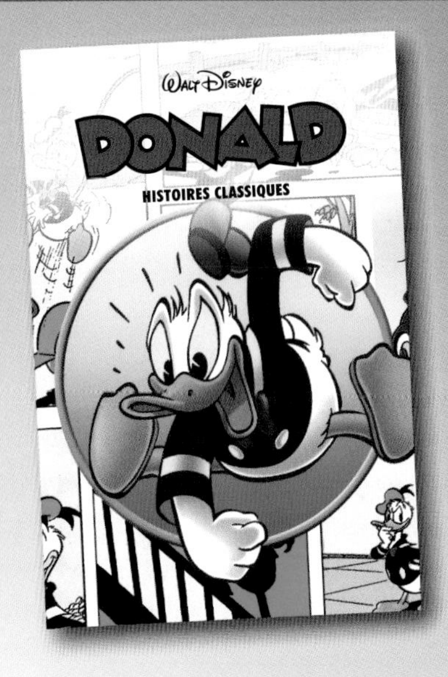

Le canard se déchaîne ! Des récits intemporels mettant en scène Donald dans ses plus classiques mésaventures. Que ce soit pour une chasse au trésor, livrer du lait, faire des photos, assurer la distribution de journaux de ses neveux ou même espionner pour l'oncle Picsou, Donald sait comment se retrouver dans le pétrin ! Issues directement des archives Disney, ces histoires raviront les admirateurs du colérique, mais toujours sympathique, ami Donald !

ISBN-978-2-89660-369-5

Le Muppet Show

Le retour de Skeeter ! Vous en avez fait le souhait et nous l'avons exaucé ! Grâce au talent de Roger Langridge, nominé aux prix Eisner, la sympathique Skeeter, maintenant devenue adulte, retourne enfin chez ses amis Muppets. C'est la réunion de famille à laquelle tous les admirateurs voulaient assister. Mais d'autres surprises vous attendent, car des personnages secondaires feront leur retour fracassant dans l'univers des Muppets. Qui ? Pour le savoir, rejoignez Kermit, Piggy, Fozzie, Gonzo et tous leurs amis dans cette histoire pleine d'humour et de chansons. Que le spectacle commence !

ISBN-978-2-89660-364-0